Este livro foi revisado segundo o novo Acordo Ortográfico da Língua Portuguesa.

Direção editorial
ANA CECILIA IMPELLIZIERI MARTINS
MARTHA RIBAS

Coordenação de produção editorial e gráfica
CRISTIANE DE ANDRADE REIS

Assistente de produção
JULIANA TEIXEIRA

Capa e projeto gráfico de miolo
DUPLA DESIGN

Revisão
ANDRÉ UZÊDA

Reprodução de imagens
PEPE SCHETTINO

Diagramação e pré-impressão
MEYRELE TORRES | FILIGRANA

CIP BRASIL. CATALOGAÇÃO NA FONTE
SINDICATO NACIONAL DOS EDITORES DE LIVROS, RJ.
M694m
Marques, Ivan
Modernismo em revista: estética e ideologia nos periódicos dos anos 1920 / Ivan Marques. – Rio de Janeiro: Casa da Palavra, 2013.
il. (Modernismo+90; 4)
Inclui bibliografia
ISBN 978-85-7734-331-7
1. Modernismo (Literatura) - Brasil - História. 2. Periódicos brasileiros - História. 3. Literatura brasileira - Periódicos - História. I. Título. II. Série.
13-1229. CDD: 809 CDU: 82.09

CASA DA PALAVRA PRODUÇÃO EDITORIAL
Av. Calógeras, 6, sala 1.001, Centro
Rio de Janeiro 20030-070
21.2222-3167 | 21.2224-7461
divulga@casadapalavra.com.br
www.casadapalavra.com.br

MOD ERN ISMO +90

Casa da Palavra

Coordenador da coleção "Modernismo +90"

EDUARDO JARDIM

MODERNISMO EM REVISTA

estética e ideologia nos periódicos dos anos 1920

Ivan Marques

APRESENTAÇÃO DA COLEÇÃO 8

ERA DE REVISTAS 13

PÁGINAS DOIDINHAS DE MODERNISMO 29

KLAXON (1922-23):
UMA REVISTA DE COMBATE | **29**

ESTÉTICA (1924-25):
MODERNISMO TRIUNFANTE | **39**

A REVISTA (1925-26):
ENTRE VANGUARDA E TRADIÇÃO | **49**

TERRA ROXA E OUTRAS TERRAS (1926):
MODERNISMO PARA TODOS | **59**

VERDE (1927-28; 1929):
O FENÔMENO DE CATAGUASES | **69**

FESTA (1927-28; 1934-35):
A VERTENTE ESPIRITUALISTA | **79**

REVISTA DE ANTROPOFAGIA (1928-29):
BÁRBARO E NOSSO | **91**

PINGO NOS ISMOS | 103

MODERNIDADE: QUESTÕES ESTÉTICAS | 103

NO FUNDO DO MATO-VIRGEM: A BUSCA DA IDENTIDADE NACIONAL | 114

CONSIDERAÇÕES FINAIS: TEMPO DE FESTA? | 133

REFERÊNCIAS BIBLIOGRÁFICAS | 139

APÊNDICE | 145

CREDITOS DAS IMAGENS | 175

APRESENTAÇÃO DA COLEÇÃO

por Eduardo Jardim

A coleção *Modernismo + 90* reúne livros que apresentam e discutem obras, autores e aspectos históricos e conceituais do modernismo brasileiro, por pesquisadores de diversas áreas e gerações. Passados mais de noventa anos da Semana de 22, evento considerado o marco inaugural do movimento, pode-se avaliar, já a certa distância, a abrangência e o significado desta etapa decisiva da história cultural do país.

Alguns critérios nortearam a escolha dos livros. Valorizou-se a abordagem de temas menos explorados. Como se sabe, é enorme a literatura sobre o modernismo. No entanto, alguns assuntos e autores ainda são pouco conhecidos. A título de ilustração, mencione-se a importância do cinema para os modernistas e de escritores e artistas cuja inserção no panorama do movimento ainda não foi devidamente considerada. Mesmo as obras de alguns autores consagrados revelam surpresas quando vistas de um ângulo novo. Deu-se também destaque a pesquisas que reveem criticamente a abrangência e os limites do modernismo. Nesta medida, alguns livros da coleção partem do contexto contemporâneo e retornam ao programa e às obras das décadas anteriores para avaliar sua relevância atual. Também se levou em conta a necessidade de explicitação das bases conceituais do movimento. Deste modo, a contribuição de alguns destes trabalhos será de pôr em discussão os pressupostos teóricos do pensamento modernista. Não poderia faltar um viés histórico, seja na reconstituição do meio cultural, na apresentação das revistas da época e na leitura da importantíssima correspondência de Mário de Andrade, seja na abordagem da complexa relação dos autores modernistas com a política, seja em uma visão retrospectiva dos marcos comemorativos do movimento.

O movimento literário e artístico modernista, cujas manifestações mais importantes ocorreram nos anos vinte, faz parte de uma corrente de ideias que remonta ao final do século dezenove e que durou até as últimas décadas do século passado. Ela expressou uma determinada compreensão da modernização da vida nacional, vista como inserção do país no concerto internacional, envolvendo uma compreensão do processo histórico. Uma visão geral dessa orientação intelectual, das suas premissas e de sua demarcação, precisa ser ainda alcançada. Ela deverá passar pelo exame detalhado das suas várias manifestações em um longo período histórico de aproximadamente cem anos.

A coleção *Modernismo + 90* constitui um passo na montagem deste amplo cenário, o qual é ainda a principal referência para a compreensão e intervenção na arte e na cultura do país.

VERDE
REVISTA MENSAL DE ARTE E CULTURA
DIRECÇÃO
HENRIQUE DE RESENDE
MARTINS MENDES
MARIO DE ANDRADE
OSWALDO DE ANDRADE
PRUDENTE DE MORAES, NETO
JOÃO ALPHONSUS
CASO DA CASCAT
OS ESPLENDORE
AVENTURA
OXYCYANURET
A GERMANA B
ANNO I — NUMERO I
Quinzenário
Redacção e administração
Av. S. João, 96
(4.º and.)
terra
e ou
Directores: A. C. Couto de Barros e António de Alcântara Machado
Composto em maquinas Linotype Mergenthaler e impresso na "Typ. Paulista"
UMA CARTA DE ANCHIETA
ANÇA DE S. GONÇALO
KL XON
mens rio
de rte
dern mo

A
REVIST

500 rs.
ANNO I - NUMERO I
Revista de Antropofagia
Direção de ANTONIO DE ALCANTARA MACHADO
Gerencia de RAUL BOPP
ENDEREÇO: 13, RUA BENJAMIN CONSTANT — 3.º PAV. SALA 7 — CAIXA POSTAL N.º 1.269 — SÃO PAULO

ABRE-ALAS

Nós eramos xifópagos. Quási chegamos a ser deródimos. Hoje somos antropófagos. E foi assim que chegamos á perfeição.

Cada qual com o seu tronco mas ligados pelo fígado (o que quer dizer pelo ódio) marchávamos numa só direcção. Depois houve uma revolta. E para fazer essa revolta nos unimos ainda mais. Então formamos um só tronco. Depois o estouro: cada um de seu lado. Viramos canibais.

Aí descobrimos que nunca havíamos sido outra cousa. A geração actual coçou-se: apareceu o antropófago. O antropófago: nosso pai, principio de tudo.

Não o índio. O indianismo é para nós um prato de muita sustância. Como qualquer outra escola ou movimento. De ontem, de hoje e de amanhã. Daqui e de fora. O antropófago come o índio e come o chamado civilizado: só êle fica lambendo os dedos. Pronto para engulir os irmãos.

MANHÃ

O jardim estava em rosa, ao pé do Sol
E o ventinho de mato que viera do Jaraguá
Deixando por tudo uma presença de agua
Banzava gosado na manhã praceana.

Tudo limpo que nem toada de flauta.
A gente si quizesse beijava o chão sem formiga,
A bocca roçava mesmo na paisagem de cristal.

Um silêncio nortista, muito claro!
As sombras se agarrando no folhedo das árvores
Talqualmente preguiças pesadas.
O Sol sentava nos bancos, tomando banho-de-luz

Tinha um sossêgo tão antigo no jardim,

QUARTA-FEIRA, 20 DE JANEIRO 1926

oxa
terras

Assinaturas:
UM ANNO
Brasil . . . 12$000
Extrangeiro . . 16$000
Numero avulso . $500

Secretario e administrador: Sergio Milliet
Rua Assembléa, 36-38 — S. Paulo — Tel. Central 2192

desappareça nalgum leilão de autographos, ou cáia nas mãos dos avidos collecionadores americanos?

Governo ou particular, dinheiro do Thesouro ou subscripção publica, seja como fôr, é preciso que o autographo de Anchieta volte para donde partio seculos atraz.

Custa 200 libras: o valor de trinta saccas de café.

PAULO PRADO

Uma suggestão para a origem da tristeza e liberalidade dos paulistas:

"Entrando-lhe algum hospede pela casa a honra e agazalho que lhe fazem é chorarem-no: entrando, pois, logo o hospede na casa o assentão na rede, e depois de assentado, sem lhe falarem, a mulher e filhas e mais amigas se assentam ao redor, com os cabellos baixos, tocando com a mão na mesma pessoa, e começam a chorar todas em altas vozes, com grande abundancia de lagrimas, e ali contam em prosas trovadas quantas cousas têm acontecido desde que se não virão até aquella hora, e outras muitas que imaginam e trabalhos que o hospede padecen pelo caminho, e tudo o mais que póde provocar a lastima e chôro. O hospede neste tempo não fala palavra, mas depois de chorarem por bom espaço de tempo limpão as lagrimas, e ficão tão quietas, modestas, serenas e alegres que parece nunca chorarão, e logo se saudão e dão o seu Ereiupe, e lhe trazem de comer, etc.; e depois destas cerimonias contão os hospedes ao que vêm. Tambem os homens se choram uns aos outros, mas é em casos alguns graves, como mortes, desastres de guerras, etc.; têm por grande honra agazalharem a todos e darem-lhe todo o necessario para sua sustentação, e algumas peças, como arcos, frechas, passaros, pennas e outras cousas, conforme sua pobreza, sem algum genero de estipendio".

(Extraido de Fernão Cardim "Do principio e origem dos indios do Brasil").

NOSSA ENQUETE

Mas a final o que é o espirito moderno?
Toda a gente fala em modernismo, em mentalidade moderna. Existe ou não esse espirito, essa mentalidade?
Existe!
Não existe!
"Terra Roxa" resolveu, por

O I — Vol. 1
Setembro — 1924

ESTÉTICA
REVISTA TRIMENSAL

Direcção e Administração
— DE —
Prudente de Moraes, neto, e Sergio Buarque de Hollanda

1

ERA TÃO GOSTOSO BRINCAR DE MODERNISMO...[1]

PRINCIPIAR É TRABALHO LEVIANO QUE QUALQUER OMBRO DE PIÁ CARREGA PORÉM EM SEGUIDA A GENTE PERCEBE QUE NÃO PODE FICAR NESSA PROMESSA DE MENINO-PRODÍGIO, QUE TEM MESMO DE IR ALÉM E SOBRETUDO IR MAIS PROFUNDO E QUE-DÊ ESTUDO, QUE-DÊ BASE, QUE-DÊ TREINO E FÔLEGO PARA ISSO?

Mário de Andrade,
carta de 8 de novembro de 1927
a Rosário Fusco

Vanguardas em movimento – é o que mostram as revistas literárias produzidas pela cultura modernista das primeiras décadas do século XX em diversos países europeus e americanos. Elas estampam a ação quase

O grupo modernista paulista em 1922. Ao centro, sentado, Mário de Andrade. Antônio Couto de Barros, Rubens Borba de Morais, Yan de Almeida Prado, Baby e Guilherme de Almeida, Tácito de Almeida e outros

1 Carlos Drummond de Andrade, *Tempo vida poesia: confissões no rádio*

sempre demolidora de seus mentores e adeptos, guardando em suas páginas a centelha dos manifestos, o alarido das provocações, o momento eufórico em que se produz o choque, o escândalo em ato. Por meio das revistas, as ideias se propagam, superam fronteiras, e novos movimentos são deflagrados.

Todavia, por conta da vocação de escritores e artistas para o exercício da crítica e a discussão teórica – atitude comum nos chamados "tempos modernos" e especialmente na época das vanguardas –, os periódicos literários se tornaram ainda o espaço, por excelência, da reflexão sobre as novidades. Por complementar e dar sentido ao ímpeto inicial de destruição, esse esforço realizado no calor da hora e engajado não apenas na difusão, mas na ampliação e organização das ideias, constituiu na verdade o interesse central dessas publicações. Sua importância ultrapassa o caráter efêmero das vanguardas e chega incólume aos leitores de hoje, que podem contemplar passo a passo, pedra sobre pedra, em sua real profundidade, esse imenso trabalho construtor – o modernismo em movimento.

Iniciada em 1922, a organização da batalha modernista no Brasil teve como principal veículo os periódicos literários. De saída, convém lembrar que Mário de Andrade, a consciência mais aguda daquele período, deveu boa parte de sua formação como poeta moderno à leitura de publicações europeias – *L'Esprit Nouveau*, *Lumière*, *La Nouvelle Revue Française* e *Der Sturm,* entre outras. As cartas e as viagens também exerceram uma função importante, possibilitando o diálogo entre os artistas dentro e fora do Brasil, mas foram as revistas que forneceram estrutura ao movimento, servindo tanto aos objetivos de difusão e arregimentação, quanto ao trabalho crítico e teórico. Além de representar o suporte material para a divulgação de ideias, elas deram corpo à sociabilidade e à vivência gregária da arte e da literatura, tão características daquela época.

Estudamos neste livro sete revistas brasileiras que tiveram papel preponderante no chamado "modernismo heroico", isto é, o período compreendido entre dois marcos temporais:

1922, ano da Semana de Arte Moderna e do lançamento de *Pauliceia desvairada*, de Mário de Andrade (nosso primeiro livro de poesia moderna), e 1928, quando apareceram obras que ao mesmo tempo sintetizavam e encerravam o movimento, como o romance *Macunaíma*, do próprio Mário, o "Manifesto antropófago", de Oswald de Andrade, e o ensaio *Retrato do Brasil*, de Paulo Prado. Foram anos decisivos e de ampla repercussão na história cultural brasileira que corresponderam a um período agitado também na política, com a desintegração da República Velha e a preparação da Revolução de 1930.

Em ordem cronológica, as publicações modernistas aqui em foco são: *Klaxon* (São Paulo, 1922-23), *Estética* (Rio de Janeiro, 1924-25), *A Revista* (Belo Horizonte, 1925-26), *Terra roxa e outras terras* (São Paulo, 1926), *Verde* (Cataguases, 1927-28; segunda fase em 1929); *Festa* (Rio de Janeiro, 1927-28; segunda fase em 1934-35) e *Revista de Antropofagia* (1928; segunda fase ou "dentição" em 1929). A sucessão de datas revela, por um lado, a curta existência de cada revista e, por outro, uma certa continuidade que se estabeleceu ao longo da década, como se elas fossem passando entre si um bastão, uma tocha, o fogo heroico do modernismo.

Impulsionadas desde a época do Império pela expansão da imprensa, as revistas culturais constituíam, no começo do século XX, uma forte tradição no Brasil. A combinação de notícias, entretenimento e reflexão, visando sempre à atualização do público, construiu a popularidade de diversas publicações, como *Kosmos* (1904-1909), *Fon-fon!* (1907-1958), *A Careta* (1908-1961), *O Malho* (1902-1954), *O Pirralho* (1911-1919) e *Para Todos* (1919-1932).[2] Em contraste com a brevidade observada nos periódicos modernistas, aqui as datas indicam na maioria dos casos uma longa vida editorial. Para esse sucesso contribuíram tanto o prestígio dos colaboradores (a lista incluía o artista gráfico J.

---

2 Cf. Claudia de Oliveira et al., *O moderno em revistas: representações do Rio de Janeiro de 1890 a 1930*. Rio de Janeiro: Garamond, 2010.

Carlos e os escritores Olavo Bilac e Monteiro Lobato, entre outros nomes importantes) como o impacto das estratégias comunicativas: capas atraentes, cores, muitas ilustrações, diagramação elegante etc. Uma estética moderna para traduzir a época moderna.

"Essas revistas, lidas, relidas, alisadas no excelente papel *couché*, fizeram minha iniciação literária, muito imperfeita mas decisiva", relatou em depoimento Carlos Drummond de Andrade, uma das lideranças do nosso modernismo.[3] Em Itabira, Drummond teve sua "primeira emoção literária" ao ler na revista *O Tico-Tico* uma versão ilustrada de *Robinson Crusoé*. O poeta mineiro contava ainda que na infância devorou os versos de Bilac e que mais tarde, em 1918, sentiu um choque ao deparar nas páginas de *O Malho* com um poema de Manuel Bandeira.

Bastante diferente, claro, foi o histórico das revistas literárias que circularam na década de 1920. Como seus objetivos eram distintos, outras também foram as suas características gráficas e editoriais. Destinadas a um público bem mais restrito, essas publicações não precisavam abusar de apelos visuais, que de qualquer modo seriam inviáveis, por conta da falta de recursos e das enormes dificuldades de produção. Essas razões todas, somadas ao caráter provocador e efêmero que define as iniciativas de vanguarda, explicam a sua parca popularidade e curtíssima duração.

Para circunscrever e aprofundar a reflexão, optamos por enfatizar a atuação dos periódicos de maior repercussão, que resultaram diretamente do modernismo, tornando-se instrumentos fundamentais de sua intervenção cultural e ideológica. Assim, deixamos de lado publicações patrocinadas por alas mais conservadoras, como *Novíssima* (1923-25) e *Movimento Brasileiro* (1929-30) – a primeira mantida em São Paulo por Cassiano Ricardo, Plínio Salgado e Menotti del Pichia, do grupo Verde-amarelo, e a segunda fundada no Rio de Janeiro por Graça Aranha e Renato Almeida. Foram

---

3 Carlos Drummond de Andrade, *Tempo vida poesia: confissões no rádio*. Rio de Janeiro: Record, 1987, p. 14-17.

também desconsideradas aquelas que, apesar de sua importância e da simpatia que tinham pelo movimento modernista, não fizeram senão acolher algumas de suas manifestações – caso da *Revista do Brasil*, em sua segunda fase (1926-27).

Além de terem surgido no mesmo período, os sete títulos abordados neste livro pertenceram à mesma região, correspondendo ao eixo central da vanguarda brasileira, formado por São Paulo, Rio de Janeiro e Minas Gerais. É sabido que diversos periódicos modernistas pipocaram nessa época em outras partes do país. A lista é numerosa, o que serve de prova da rápida e espantosa difusão do movimento, e inclui, entre outras, as revistas *Mauriceia* (Recife, 1923), *Madrugada* (Porto Alegre, 1928), *Maracajá* (Fortaleza, 1929), *Arco e Flexa* (Salvador, 1928-29) e *Novidade* (Maceió, 1931). Em Minas, existiram ainda *Leite Criôlo* (Belo Horizonte, 1929), espécie de sucursal da *Revista de Antropofagia*, e *Electrica* (Itanhandu, 1927-29), esta última circulando numa cidade de apenas 5 mil habitantes. Embora menos conhecidas, essas publicações formam um capítulo curioso e relevante na história do modernismo brasileiro – e algumas já mereceram estudos de fôlego.[4]

Entretanto, a opção aqui foi trabalhar com as revistas que não ficaram presas a seus lugares e grupos de origem, impondo-se na verdade como órgãos nacionais do modernismo. As redações de *Klaxon*, *Estética*, *A Revista*, *Terra roxa*, *Verde*, *Festa* e *Revista de Antropofagia* foram palco de uma mesma batalha, travada por uma mesma rede de combatentes, o que não implicou obviamente a recusa de outras colaborações. Em suma, foram as publicações mais significativas dessa campanha nos meios impressos. Representaram etapas distintas de um debate que atravessou a

---

4 A respeito dos grupos do Nordeste, recomenda-se a leitura dos livros *Modernismo e regionalismo: os anos 20 em Pernambuco*, de Neroaldo Pontes de Azevedo (João Pessoa: Secretaria de Educação e Cultura da Paraíba, 1984) e *Graciliano Ramos e a Novidade: o astrônomo do inferno e os meninos impossíveis*, de Ieda Lebensztayn (São Paulo: Hedra, 2010). Sobre os grupos de Minas, leiam-se, entre outros títulos, *O modernismo em Belo Horizonte: década de 20*, de Antonio Sérgio Bueno (Belo Horizonte: UFMG/PROED, 1982) e *O desatino da rapaziada*, de Humberto Werneck (São Paulo: Companhia das Letras, 1992).

década de 1920, desdobrado em torno de duas grandes questões, a saber, a modernidade e a brasilidade.

Mário de Andrade, na conferência "O movimento modernista", de 1942, sem deixar de registrar as diferenças que naturalmente existiam entre os integrantes daquele projeto, prefere destacar suas afinidades, relacionadas, segundo ele, ao processo de "radicação na terra", traço distintivo da vanguarda brasileira: "O que nos igualava, por cima dos nossos dispautérios individualistas, era justamente a organicidade de um espírito atualizado, que pesquisava já irrestritamente radicado à sua entidade coletiva nacional."[5]

Nas revistas, o caráter coletivo das ideias e da produção crítica é testemunhado pelo volume de textos sem autoria declarada, ou assinados apenas pela "Redação". A falta de assinaturas e o uso reiterado de pseudônimos, resultando muitas vezes em efeitos de humor, lembram procedimentos típicos da vanguarda, que dessa forma se introduzem na seriedade do discurso intelectual. Mesmo quando assumida por seu autor, a escrita das revistas guarda sempre um traço de pluralidade, como se elas só pudessem existir a partir da ação organizada de grupos. Naturalmente surgem coletivos – "turma de *Estética*", "família de *Klaxon*", "gente de *Festa*" –, ou expressões que derivam dos próprios nomes das revistas, como klaxistas, verdes, antropófagos etc. É importante destacar, porém, que as agremiações não excluem o diálogo com outras correntes, formando consensos para além de si mesmas – e foi isso que construiu, num intervalo de poucos anos, a solidez do movimento modernista brasileiro.

Durante meio século, as revistas ficaram longe dos olhos do público, esquecidas em bibliotecas particulares. Nos anos 1970, em continuidade com o esforço de valorização do modernismo ocorrido na década anterior em diversos campos artísticos e também nas universidades, os periódicos ganharam edições fac-similares e houve um esforço de investigação dessas e de outras fontes primárias do movimento. O projeto

5 Mário de Andrade, "O movimento modernista". In: *Aspectos da literatura brasileira*. São Paulo: Martins, 1974, p. 243.

de pesquisa dos periódicos literários elaborado ainda nos anos 1960 pelo crítico José Aderaldo Castello resultou numa série de análises pormenorizadas, feitas por pesquisadores do Instituto de Estudos Brasileiros da Universidade de São Paulo. O levantamento e a sistematização dos documentos foram vistos na época como etapas imprescindíveis para a compreensão mais clara do nosso modernismo, longe das apreciações genéricas ou muito parciais que haviam predominado até então.

Com efeito, além de possibilitar um contato mais íntimo com a época modernista, o estudo das revistas possibilita dirimir dúvidas, refazer juízos e avaliações, corrigir equívocos que as histórias literárias e mesmo trabalhos dedicados especificamente ao assunto, por falta de conhecimentos mais objetivos, vieram reiterando ao longo do tempo.

Nessa importante série de teses universitárias produzida sob a liderança de José Aderaldo Castello, a tendência foi focalizar os periódicos isoladamente. Cecília de Lara tratou ao mesmo tempo de *Klaxon* e *Terra e roxa e outras terras*, e Maria Célia de Moraes Leonel, embora concentrando-se em *Estética*, relacionou-a diversas vezes com outras publicações modernistas.

Nossa intenção neste livro é levar adiante a leitura conjunta das revistas, discutir mais profundamente a interação ocorrida entre elas, percebê-las como partes de um processo contínuo de fermentação intelectual, sem desprezar, é claro, seus traços e contextos particulares.

Em seu estudo sobre *A Revista*, de Belo Horizonte, Margaret Abdulmassih Wood da Silva afirma que antes da iniciativa do IEB-USP as pesquisas sobre o modernismo "ressentiam-se da falta dessa visão de pano de fundo" e que o trabalho crítico era realizado sem que se conhecesse, fora dos livros, a atuação dos escritores nos "bastidores" do movimento.[6] Parece natural afirmar a superioridade das obras literárias, que são mais duradouras, em relação aos

6 Cf. Margaret Abdulmassih Wood da Silva. A Revista*: contribuição para o estudo do modernismo em Minas Gerais* (dissertação de mestrado). São Paulo: FFLCH/USP, 1984, p. 5.

acontecimentos do "pano de fundo". No caso do modernismo, porém, seria injusto relegar os periódicos a um papel coadjuvante e quase invisível, mais próximo das coxias que da ribalta, quando sua importância, na verdade, sobretudo na época do movimento, foi bem maior.

Beatriz Sarlo dedicou uma parte volumosa de seu livro sobre as vanguardas argentinas à leitura de revistas, especialmente *Martín Fierro*, principal promotora e uma espécie de síntese de todo o movimento. De acordo com a ensaísta, "o impacto dessas publicações nas transformações culturais não pode ser medido apenas pelo número de exemplares vendidos [...], mas também pelas repercussões no campo intelectual que rapidamente o ultrapassam e irradiam no espaço público e nas instituições".[7] A nota vale do mesmo modo para o contexto brasileiro, em que as revistas também foram tanto um laboratório para experimentações de linguagem, como um instrumento privilegiado de intervenção no cenário cultural.

A respeito das vanguardas europeias, em particular o futurismo e o dadaísmo, uma observação recorrente é a de que os manifestos teriam sido suas principais obras ou, em outras palavras, que o valor estético de suas realizações teria importado menos que o valor cognitivo de sua grita desestabilizadora dos conceitos tradicionais. O Brasil não escapou dessa tendência, como se pode ver pelos juízos que se formaram a respeito da qualidade estética das obras de Mário de Andrade e Oswald de Andrade, os maiores representantes entre nós do espírito vanguardista.

Na década de 1920, era comum entre os representantes do movimento moderno no Brasil a consciência de que não estavam produzindo obras definitivas. Em inúmeras cartas e depoimentos, o autor de *Macunaíma* reiterou a convicção de que sua literatura estava sendo sacrificada, atitude considerada imprescindível naquele momento para o país.

---

7 Beatriz Sarlo, *Modernidade periférica: Buenos Aires 1920 e 1930*. Trad.: Júlio Pimentel Pinto. São Paulo: Cosac Naify, 2010, p. 54.

> Nós temos que dar ao Brasil o que ele não tem e que por isso até agora não viveu, nós temos que dar uma alma ao Brasil e para isso todo sacrifício é grandioso, é sublime. E nos dá felicidade. [...] Toda a minha obra é transitória e caduca, eu sei. E eu quero que ela seja transitória. [...] A minha vaidade hoje é de ser transitório. Estraçalho a minha obra. Escrevo língua imbecil, penso ingênuo, só pra chamar a atenção dos mais fortes do que eu pra este monstro mole e indeciso ainda que é o Brasil. Os gênios nacionais não são de geração espontânea. Eles nascem porque um amontoado de sacrifícios humanos anteriores lhes preparou a altitude necessária de onde podem descortinar e revelar uma nação. Que me importa que minha obra não fique? [...] O importante não é ficar, é viver. Eu vivo.[8]

Na ausência de obras, que de fato eram raras no começo da batalha modernista, como definir com precisão as propostas renovadoras? Sendo o modernismo um "movimento novo onde cada pedrinha importa muito mais que um monumento sublime de poesia clássica", conforme voltaria a dizer Mário na correspondência com Drummond,[9] torna-se inviável pôr as obras, tão marcadamente transitórias, adiante de outras realizações que, apesar de fugazes, constituem o cerne da experiência vanguardista. O tópico foi esclarecido já em 1922 num artigo do ensaísta Rubens Borba de Moraes, publicado no quarto número de *Klaxon*: "O grande erro da crítica contemporânea é considerar as obras modernas como definitivas. Nós não vivemos numa época de realização".

Os modernistas se viam mais como precursores do que como inventores de uma nova arte. A exemplo das revistas que fundaram, suas obras também tinham uma natureza efêmera, estando mais próximas do dinamismo do jornal, que exerceu sobre eles forte influência, do que da perenidade da grande literatura. Nas páginas da imprensa paulistana haviam iniciado o debate modernista, como *Klaxon* registra

---

8 Mário de Andrade, carta de 10 de novembro de 1924 a Carlos Drummond de Andrade. In: Silviano Santiago (org.). *Carlos & Mário: correspondência de Carlos Drummond de Andrade e Mário de Andrade*. Rio de Janeiro: Bem-Te-Vi, 2002, p. 51.
9 Mário de Andrade, carta de 1o de agosto de 1926 a Carlos Drummond de Andrade. In: Silviano Santiago (org.), op. cit., p. 226

em seu texto de abertura: "A luta começou de verdade em princípios de 1921 pelas colunas do *Jornal do Comércio* e do *Correio Paulistano.*" Dos jornais aproveitaram lições de clareza e passaram a extrair tanto procedimentos de linguagem quanto matéria para muitos poemas. "No jornal anda todo o presente", escreve Oswald de Andrade em 1924 no "Manifesto Pau-Brasil".

O sacrifício das obras teve ainda como explicação as dificuldades encontradas na época para a edição de livros, especialmente os de poesia. Entre as funções das revistas literárias, estava também a de suprir essa carência. Está claro que produção, impressão e distribuição dos periódicos tampouco se faziam sem o enfrentamento de enormes entraves, amiúde relatados pelos próprios diretores. Na apresentação de *A Revista*, por exemplo, já nas primeiras linhas deparamos com a queixa bem humorada de Drummond: "[...] faltam-nos desde a tipografia até o leitor. Quanto a escritores, oh! Isso temos de sobra. (Assim Deus Nosso Senhor mandasse uma epidemia que os reduzisse à metade!)."

A precariedade salta aos olhos em todas as publicações modernistas. Era quase impossível, por exemplo, fazê-las circular na periodicidade inicialmente prevista. No quinto número de *Verde*, que saiu com atraso de cinco meses, os redatores chegaram a dirigir aos leitores um recado sobre os problemas financeiros da revista, pedindo assinaturas e avisando do barateamento do exemplar. As tiragens, sempre muito limitadas, não vendiam, circulando mais por obra de amigos ou pela boa vontade de voluntários como o futuro editor José Olympio, então trabalhando em São Paulo como caixeiro da Casa Garraux, onde expunha exemplares das revistas.

Inevitáveis, os erros se multiplicam na numeração das páginas, na datação das edições e, sobretudo, na revisão dos textos. Na última página do primeiro número de *A Revista*, há uma irônico pedido de desculpas: "Figuram neste número alguns erros de revisão, mais ou menos graves, que nos escaparam devido ao acúmulo de serviço. Não os indicamos; preferimos confiar no leitor inteligente". Em Fortaleza, os criadores de *Maracajá* (entre eles figurava um certo Mário Sobreira de Andrade que, para se distinguir, assinava seus textos como "Mário de Andrade do Norte" ou "Mário de Andrade Daqui") publicaram também uma curiosa nota explicativa a respeito da baixa qualidade gráfica do suplemento. Segundo eles, os tipógrafos do Ceará não podiam fazer uma revista melhor: "Se tivessem mais recurso material, mostrariam como o cearense sabe tirar dois couros de um bode só."[10] O próprio nome da revista parecia indicar sua rusticidade: "maracajá" significa gato do mato.

Outro problema corriqueiro era a falta de material para publicação. Mário de Andrade demonstrou inúmeras vezes preocupação com a falta de prosa nas revistas *Terra roxa* e *Verde*. Poemas podiam encher espaço, mas, segundo ele, faziam "pouca figura em jornal". Se *Estética* e *A Revista* aparentemente não sofreram desse problema, o mesmo não se pode dizer da *Revista de Antropofagia*, que em seu segundo número lançou inclusive um apelo: "A *Revista de Antropofagia* já tem para publicar em seus próximos números nada mais nada menos do que 37 poesias: não possui um único trechinho em prosa. Ela dirige assim aos novos do Brasil este radiograma desesperado: 'S.O.S. Socorro. Estamos naufragando no Amazonas da poesia. Mandem urgente prosa salvadora'."

A despeito dessa avalanche de dificuldades, as revistas se firmaram como espaços de reflexão e também de experimentação, exibindo em primeira mão textos fundamentais da história do modernismo: fragmentos do *Clã do jabuti* e de *Macunaíma*, de Mário de Andrade; poemas de *Libertinagem*, de Manuel Bandeira, e de *Alguma poesia*, de Drummond, livros que só seriam publicados em 1930; contos inovadores de Aníbal Machado, João Alphonsus e Prudente de Moraes, neto, num momento em que o gênero ainda não tinha se firmado no modernismo – para citar só alguns exemplos.

---

10 Cf. Rodrigo de Albuquerque Marques, "Primeiro tempo modernista no Ceará: presença antropofágica". In: Irenísia Torres de Oliveira e Iumna Maria Simon (orgs.). *Modernidade e tradição na literatura brasileira: diversidades regionais*. São Paulo: Nankin, 2010, p. 67-78.

Tampouco se deve esquecer a importância das revistas, e dos jornais de modo geral, para o desenvolvimento de gêneros novos como a crônica, que, ao fazer o comentário do cotidiano com linguagem coloquial, se tornou uma das melhores traduções do modernismo. Exemplares são, a esse respeito, as crônicas pioneiras que Drummond escreveu para *A Revista* e *Terra roxa e outras terras*.

Para alguns poetas, como Pedro Nava, que não chegaram a publicar livros na época do modernismo, as revistas constituíram o espaço único de divulgação de suas produções. Merece destaque o caso de Luiz Aranha, um dos maiores representantes da nossa chamada "geração futurista", que desapareceu do panorama literário depois de ter sido uma presença marcante nas páginas de *Klaxon*. Anos depois, ele foi homenageado por Sérgio Milliet no quinto número de *Terra roxa*: "Assim como há o caso Rimbaud há o caso Luiz Aranha. / Apareceu com a Semana de Arte Moderna. / Viveu em KLAXON. / E nunca mais."

O próprio Drummond, durante um tempo que a seus companheiros pareceu interminável, existiu apenas como poeta de revista. Ao comentar sua estreia em carta de 1930, Mário de Andrade escreveu: "Sempre me doía ver as coisas de você ao léu das revistas e da fadiga esquecedeira dos homens." E Manuel Bandeira acrescentou em artigo sobre *Alguma poesia* publicado no jornal *A província*, de Pernambuco: "Sem livro até agora, o seu nome não aparecera senão nas revistinhas efêmeras de vanguarda, que não chegam ao conhecimento do grande público."[11] O fato é que Drummond havia publicado poemas nos mais importantes periódicos literários, com exceção de *Klaxon*. Ao longo de toda a década de 1920, sua obra circulou apenas nas revistas – o que foi suficiente para consagrá-lo como um dos maiores poetas do seu tempo.

Algo semelhante ocorreu com a prosa de ensaio, tão importante, segundo Mário de Andrade, para o vigor dos

---

11 Apud Eucanaã Ferraz (org.), Alguma poesia *e seu tempo*. São Paulo: Instituto Moreira Salles, 2010, p. 49 e 54.

periódicos. Se dependesse dos críticos de arte de literatura, o modernismo brasileiro teria ficado à míngua, despercebido e desorientado, e provavelmente morreria na praia. Como não apenas sobreviveu, mas triunfou, é certo que o movimento encontrou em outros lugares a seiva de que carecia para tomar corpo e expandir-se. Nessa época em que era escassa a publicação de livros, as revistas também constituíram, portanto, um laboratório de experimentações no campo da teoria estética e da crítica literária.

Nas páginas de *Klaxon*, os críticos são objeto de escárnio e de contínuas investidas, sobretudo por causa da falta de atualização, requisito fundamental para a análise das produções modernistas. No sexto número da revista, saindo em defesa de Oswald de Andrade, os redatores protestam contra os "senhores de óculos prudentes e calvícies afirmativas" que, especialmente ao falar de obras modernas, demonstram "ignorância crassa", acompanhada sempre de "impertinência cômica e de uma erudição de almanaque". Na conclusão da nota, afirmam que sua utilidade é fazer rir e, referindo-se aos produtos anunciados na revista, acrescentam que tais críticos "desengorgitam o fígado", sendo portanto "recomendáveis como o Guaraná Espumante, o Lacta nutritivo e o Elixir de Nogueira".

Em *A Revista*, indo além das fronteiras de seu meio ainda mais acanhado e tradicional, Carlos Drummond de Andrade não hesita em considerar o Brasil um "país de crítica pobre e mal aparelhada". Para o poeta vanguardista, cheio de intenções, e também de fundamento e erudição – que declara por exemplo conhecer, entre velharias e novidades, toda a fortuna crítica de Verlaine e Rimbaud –, não haveria saída, portanto, a não ser dobrar as mangas e realizar a crítica de si mesmo e de seus companheiros.

É o que também propõe em *Estética* Prudente de Moraes, neto, consciente da necessidade de os modernistas se criticarem sinceramente uns aos outros. Para além da negação do que se fazia antes – etapa vencida por *Klaxon* –, o periódico carioca desejava "exercer a crítica do movimento de que participava, partindo do pressuposto de que só o próprio modernismo tinha condições para discutir e criticar suas proposições e suas obras, tão completa era, fora dos seus quadros, a incompreensão das suas técnicas e dos seus fins".[12]

As revistas literárias da década de 1920 não se limitaram, portanto, a veicular contos, crônicas e poemas de linguagem moderna – matéria importante, mas quase sempre minoritária em comparação com os artigos, resenhas e ensaios. Antes de *Estética* e de *A Revista*, já o primeiro mensário modernista, *Klaxon*, se definia principalmente como teorizador, incumbindo-se tanto da crítica das novas obras quanto, com menor prioridade, do objetivo de educar o leitor, de conquistá-lo para as obras que se opunham ao passadismo. Nessa tarefa, nem sempre foi possível manter a paciência, e o tom às vezes ficou irritado. No quinto número de *Klaxon*, dirigindo-se a um interlocutor supostamente sério e turrão, Rubens Borba de Moraes a certa altura parece cansado de argumentar: "Não peço aos seus cabelos brancos que compreendam a Arte Moderna, mas que a aceitem como um fato."

O exercício da crítica por parte de escritores é uma característica da modernidade, diretamente ligada às liberdades conquistadas pela literatura nos últimos dois séculos. Estudando a atividade crítica de poetas como Ezra Pound, Jorge Luis Borges, Octavio Paz e Haroldo de Campos (todos pertencentes ao universo vanguardista), Leyla Perrone-Moisés observa que esse trabalho, feito em paralelo às obras de criação, busca principalmente estabelecer critérios e valores que possam nortear a escrita.[13] Da natureza programática e circunstancial desses textos, sempre fiéis a um "projeto", resulta a disposição, rara na crítica acadêmica, para os juízos mais agressivos e despudorados.

Frequentemente os modernos são confusos ou não conseguem pôr suas ideias ao alcance de todos, pois elas não surgem nítidas, "vão se definindo aos poucos", conforme

12 Apud Maria Célia de Moraes Leonel, *Estética e modernismo*. São Paulo/Brasília: Hucitec/INL, 1984, p. 143.

13 Cf. Leyla Perrone-Moisés, *Altas literaturas: escolha e valor na obra crítica de escritores modernos*. São Paulo: Companhia das Letras, 1998, p. 9-17.

justificam os diretores de *Estética*, no segundo número da revista. Além de polêmico e combativo, esse "pensamento de artista" – expressão usada por Gilda de Mello e Souza num depoimento sobre Mário de Andrade – costuma ser "assistemático e de certo modo selvagem".[14] Está claro que seu veículo mais adequado não é o livro, e sim os jornais e as revistas, pois essa crítica é um "julgamento de valor transitório", voltada para "os problemas em marcha" – o que não impede que muitas de suas análises, mesmo com o passar do tempo, permaneçam atuais.

Nessa crítica feita por escritores e artistas de vanguarda, convém sobretudo não esquecer sua vinculação estreita com o campo de experiências de onde se origina. Esse aspecto foi bem lembrado pelo belga Roger Avermaete num ensaio sobre pintura moderna publicado, em francês, no primeiro número de *Klaxon*: "Não é com teorias que se faz arte, as teorias são sua consequência. É preciso criar uma arte nova para haver novas teorias."[15]

Nas páginas seguintes, propomos uma viagem mais completa pela década de 1920, aprofundando o comentário sobre cada um dos periódicos, suas principais características, o contexto em que surgiram e as novidades que apresentaram, tanto no plano da criação literária quanto no debate estético – numa palavra, a decisiva contribuição dessas publicações para a história do modernismo brasileiro.

---

14 Gilda de Mello e Souza, "O banquete". In: *Exercícios de leitura*. São Paulo: Duas Cidades, 1980, p. 42.

15 No original: "Ce n'est pas avec des theóries qu'on fait de l'art, les theories en sont les conséquences. Il nous faut créer de l'art nouveau, pour avoir de nouvelles théories".

KLAXON
mensario de arte moderna
São Paulo
Nº

KLAXON (1922-23) UMA REVISTA DE COMBATE

"Luta" é o primeiro substantivo que aparece no texto de apresentação da revista *Klaxon* – escrito por Mário de Andrade, mas assinado por toda a "redação" –, um verdadeiro manifesto de vanguarda. Órgão de combate, definido de saída como "inquieto", "irritante" e "contraditório", o periódico paulista apareceu em 15 de maio de 1922, três meses depois da Semana de Arte Moderna. Despontou como uma consequência direta do festival promovido com alarde no Teatro Municipal de São Paulo, a cujo espírito renovador e polêmico dava imediata continuidade. Passados a euforia e o escândalo, elegia como razão principal da empreitada o desejo de organizar aquela barafunda de propostas e "ideias inadmissíveis", madurar os frutos produzidos na Semana, considerados ainda "verdes", em suma, de dar forma, fundamento e consistência ao nosso nascente ideário modernista.

É o que a revista proclama, para além das demolições, na parte inicial de seu "manifesto" ("É preciso refletir. É preciso esclarecer. É preciso construir. Daí, KLAXON."), ao que se segue uma nota curiosa, misto de afronta e exortação ao leitor, afirmando que o Brasil deveria se esforçar "para compreender KLAXON", embora o periódico não se importasse de ser incompreendido.

Assim ganhavam as ruas o barulho e a alegria de *Klaxon*, "mensário de arte moderna", mensageiro dos novos tempos. Depois da Semana, mais uma vez vinha a público a irreverência dos modernistas – agora não por intermédio dos jornais, onde a campanha havia iniciado, mas num periódico que era só deles. As manifestações de desagrado não tardaram a aparecer. Como era previsto, a capa e o título não agradaram ao gosto tradicional. Lima Barreto – que, embora tenha sido em tantos aspectos um precursor da literatura modernista, era crítico do internacionalismo da vanguarda de 1922 – foi responsável por uma das primeiras reações. "Em começo pensei que se tratasse de uma revista de propaganda de alguma marca de automóveis americanos", zombou o escritor carioca.[1]

Com efeito, já na escolha do título o periódico se identificava com um dos símbolos mais fortes da cultura moderna. "Klaxon" era a denominação da buzina, que se localizava na parte exterior dos veículos, e esse apelo à estridência fazia lembrar as revistas ilustradas do começo do século XX, especialmente a carioca *Fon-Fon!* (1907-1958), em cujas páginas se figurava, para consumo e deleite de grande número de leitores, o espetáculo da modernidade carioca. Mais importante, porém, era a alusão ao futurismo italiano, a vanguarda que mais influenciou o movimento modernista brasileiro em seus primórdios, e cujo famoso manifesto de 1909 celebrava como suprema maravilha "a beleza da velocidade". Como toda buzina, *Klaxon* pretendia fazer barulho nas avenidas da cidade, causando sustos e correrias.

Nos diversos números da revista, espalham-se as imagens modernas dos automóveis, aeroplanos e arranha-céus, ao lado das referências à experimentação dos laboratórios

1 Cf. Cecília de Lara, *Klaxon & Terra roxa e outras terras: dois periódicos modernistas de São Paulo*. São Paulo: IEB, 1972, p. 24.

científicos, à música dissonante do jazz, à linguagem dinâmica e fragmentada do cinema. No "Poema abúlico", publicado no último número de *Klaxon*, Mário de Andrade passeia de bonde pela paisagem paulistana, e a mesma experiência se repete nos textos futuristas de Luiz Aranha. Entre as colaborações de estrangeiros, destacam-se nessa linha o poema ultraísta "Al volante", do espanhol Guillermo de Torre, que saiu no quinto número da revista, e o manifesto poético "Nós", publicado na mesma edição pelo português Antonio Ferro, com seus convites alucinados: "Os comboios andam mais depressa do que os homens. Sejamos comboios, portanto!"; "Que os nossos gritos sejam aeroplanos no espaço..."

A despeito dessas manifestações, o grupo de *Klaxon* rejeitará o rótulo de futurista. "KLAXON é klaxista", afirma Mário de Andrade no mencionado texto de abertura. E em defesa da revista, Oswald de Andrade fará um surpreendente trocadilho, em que já se adivinha, por trás da ironia contra o classicismo, a futura inclinação de nossos modernistas para a pesquisa do passado: "Sabe o que é para nós hoje ser futurista? É ser kláxico."[2]

Quem eram os integrantes de *Klaxon*? O periódico não traz um expediente, onde constem nomes de diretores, redatores ou secretários. Embora nem todos os textos viessem assinados, e muitos o fossem por pseudônimos, é sabido que Mário de Andrade foi o colaborador mais frequente e combativo, além de ter sido o que mais levou adiante o exame crítico dos conceitos estéticos e a pesquisa dos roteiros a serem seguidos. Mas *Klaxon* tinha "alma coletiva". Ao lado de Mário e Oswald, também compunham o grupo Guilherme de Almeida, Luiz Aranha, Sérgio Milliet, Antônio Carlos Couto de Barros, Tácito de Almeida e Rubens Borba de Moraes, todos modernistas da primeira hora. Reuniam-se sempre à tarde no escritório de Tácito de Almeida, localizado na rua Direita, e depois seguiam para a Confeitaria Vienense, na praça da República.

---

2 O artigo foi publicado em 30 de maio de 1922 no *Jornal do Comércio*. Cf. Mário da Silva Brito, "O alegre combate de Klaxon". In: *Klaxon* (edição fac-similar). São Paulo: Secretaria de Estado de Cultura, Esportes e Turismo/Martins Fontes, 1972.

Entretanto, klaxistas não eram considerados apenas os que compunham a redação do periódico, mas também seus representantes fora de São Paulo: Sérgio Buarque de Holanda, no Rio de Janeiro, Joaquim Inojosa, em Recife, L. Charles Beaudoin, na França, Roger Avermaete, na Bélgica, e Antonio Ferro, em Portugal. No último número, publicado em janeiro de 1923, uma lista numerosa é estampada com destaque na terceira capa, na qual *Klaxon* se define como "revista internacional de arte moderna". Na quarta capa aparecia então a última piada feita pelos klaxistas: um "aviso à praça" encaminhado pelos proprietários da "Grande Fábrica Internacional de Sonetos", agora dispostos a também confeccionar, com perfeição e discrição, "mofinas, verrinas, diatribes, catilinárias e panfletos".

Na capa, nos anúncios, nos textos, em toda parte os colaboradores da revista introduziram a blague e o sarcasmo, com os quais pretendiam enterrar não apenas a tristeza da Primeira Guerra, como também a melancolia dos poetas românticos e finisseculares. "Queremos construir a alegria", dizem os redatores. E na própria revista vão retrucando às provocações dos adversários, como a que foi feita pelo jornal *O Imparcial* em relação à "capa tão alegremente moderna", comparada com um "engenhoso reclame de um purgativo enérgico". A resposta dos modernistas não deixará por menos: "Para ficarmos livres dessa alimentação pesada que há trinta ou quarenta anos os nossos atuais acadêmicos vêm cozinhando para nós [...] só mesmo o uso constante de tais medicamentos."

No aspecto gráfico e visual, *Klaxon* foi especialmente inovadora. A capa era sempre a mesma, variando apenas a cor da letra A, centralizada e destacada, em torno da qual se distribuíam o título e o subtítulo da revista ("Mensário de arte moderna"). A capa surpreendeu também o escritor Menotti del Picchia, que a descreveu de modo entusiasmado: "Vi, com espanto, aquele sarilho de letras gordas, um 'A' catedralesco, rodeado por uma sarabanda espernegante de letrinhas, todas

Mário de Andrade em Natal, 1929

dançando, como equilibristas desengonçados, sob um fundo desesperadamente amarelo".[3]

Movimento, confusão, trepidação... Era isso mesmo que buscavam os criadores da revista. Na numeração das páginas e nos títulos dos textos também utilizaram tipos grandes, imitando a estética dos cartazes. Outro lance original foi a publicação de extratextos, isto é, ilustrações soltas e encartadas na revista, produzidas por artistas como Victor Brecheret, Di Cavalcanti, Anita Malfatti, John Graz e Tarsila do Amaral. E também havia inovação nos anúncios do chocolate Lacta e do guaraná Espumante, publicados respectivamente no primeiro e no segundo número de *Klaxon*. No caso do chocolate, o anúncio consista em apenas duas palavras – "coma Lacta" –, dispostas de modo engenhoso na quarta capa, exatamente como fariam mais tarde os inventores da poesia concreta. Tanto esse "reclame" quanto a capa estavam em sintonia com o espírito inovador e dinâmico da revista. Curiosamente, ambos foram criados, "a tesoura e goma arábica", pelo poeta Guilherme de Almeida, cujos versos ecoavam fortemente o Parnasianismo.

Os empresários, porém, não gostaram da ousadia e retiraram os anúncios. Como resposta, os klaxistas soltaram uma nota no quarto número ao mesmo tempo irritada e brincalhona, declarando que tanto o chocolate quanto a bebida eram de "péssimo sabor" e prejudiciais à saúde: "NÃO COMAM LACTA NEM BEBAM GUARANÁ", diziam de modo enfático. Os anunciantes não cederam, e *Klaxon* desistiu de publicar propagandas.

Na verdade, eram os próprios modernistas que bancavam a aventura, fazendo entre eles uma "coleta alegre". A revista obtinha repercussão, inclusive fora do país, mas não havia vendas, nem assinaturas. Com o tempo, as dificuldades se acumularam. De maio a dezembro de 1922, *Klaxon* circulou todos os meses, aparecendo sempre no dia 15. Em dezembro, houve uma interrupção, compensada em janeiro de 1923

---

3 Artigo publicado em 17 de maio de 1922 no *Correio Paulistano*. Cf. Mário da Silva Brito, op. cit.

com a publicação de um número duplo, em homenagem a Graça Aranha, que foi o último de sua breve história. O tributo tinha sido forçado pelo próprio escritor e foi feito a contragosto pelos klaxistas. Depois diriam, com bom humor, que "Graça Aranha tinha dado azar em *Klaxon*", e que os modernistas resolveram matá-la.

Em suas nove edições, *Klaxon* publicou matérias variadas, em formas também diversificadas de apresentação: ensaios, composições do tipo manifesto, resenhas, notícias, relatos e comentários ligeiros. Além das críticas de livros, que possuíam uma seção fixa, chamada de "Livros e Revistas", havia também críticas de música, artes plásticas e cinema (arte reputada e estudada como a mais representativa das novidades trazidas pelo século XX). O noticiário aparecia nas páginas finais, em outra seção, de caráter irônico e polêmico, denominada "Luzes e Refrações", na qual se faziam ataques e refutações.

Nas críticas literárias, apontavam-se os defeitos das obras "passadistas", ao mesmo tempo em que se identificavam a riqueza e a novidade dos procedimentos nos trabalhos considerados modernos – como *Pauliceia desvairada*, de Mário de Andrade, e o romance *Os condenados*, de Oswald, ambos publicados em 1922. Os ensaios de maior fôlego e ambição teórica foram escritos por Couto de Barros, Rubens Borba de Moraes e, sobretudo, Mário de Andrade.

No campo da criação, *Klaxon* publicou contos, fragmentos de romance e composições dialogadas de caráter indefinido. Além dos versos futuristas de Mário de Andrade e Luiz Aranha, apresentou também poemas de caráter mais subjetivo de Sérgio Milliet e Manuel Bandeira (ambos escrevendo em francês) e composições de caráter convencional, como as de Guilherme de Almeida e Menotti del Picchia, cujo modernismo sereno destoava do clima revolucionário daquele ano de 1922. O ecletismo, que fazia lembrar a coexistência de vozes diversas na Semana de Arte Moderna, era a prova de que os rumos ainda não estavam inteiramente definidos.

A presença de autores estrangeiros, a publicação de textos em outras línguas e a referência a revistas existentes fora do país reforçavam o espírito universalista do periódico, seu desejo de aliar-se ao "espírito moderno" internacional. A isso se liga ainda o interesse dos klaxistas pelas questões relativas à experimentação e à implantação da arte moderna. Essa tendência à "teorização" ultrapassa, como se vê, o feitio irreverente e o caráter de combate normalmente apontados como os traços principais de *Klaxon*. Em outras palavras, dá a ver como a luta dos modernistas exigiu não apenas coragem, inquietação e espírito libertário, mas também, e principalmente, as armas do estudo e da reflexão.

Ao longo da década, essa direção seria religiosamente seguida e, sobretudo, aprimorada pelas revistas mais importantes do movimento modernista.

Texto de Oswald de Andrade publicado no número 6 de *Klaxon*, em outubro de 1922

A Estrella de Absyntho

KLAXON

(FRAGMENTO)

O cadaver nú, de cabellos atados numa toalha, foi levado cautelosamente até a parede do imaginario atelier.

Elle apanhára-lhe o dorso, despencado em ligeira curva. O velho felino, barbudo e de bocca furada que conduzia de costas o cortejo, tomando-a pelas axillas, era Rodin. E o grande diabo ossudo, Mestrovic, recem-chegado da Servia, o que levava as pernas geladas para sempre.

Depuzeram-na no estrado de páu, inerte e dura, murcho o ventre acima do triangulo negro e symbolico. Depois, começaram a crucifixão.

Para lá, na vastidão respeitosa da sala, havia grandes estatuas, atadas aos punhos para traz, com retorcimentos fixos, todas recobertas como imagens em Semana Santa.

E havia amphoras e flores.

Iam crucifica-la na parede núa e branca. Rodin, levantando-a pelos inuteis seios, dava ordens impassiveis. Mestrovic batia já o seu longo prego. E apenas o braço que lhe haviam entregue a elle, endurecera e resistia, empurrando-o para longe.

Rodin esperava. Mestrovic tinha a cabeça de furia em ataque do Sergio monumental de Kossovo.

Era preciso dominar a consciente resistencia do braço. Aos repelões o membro em angulo cedeu, acceitou a linha recta da

ANO I — Vol. 1

Setembro — 1924

ESTÉTICA

REVISTA TRIMENSAL

Direcção e Administração

— DE —

Prudente de Moraes, neto, e Sergio Buarque de Hollanda

1

Redacção

LIVRARIA ODEON — AVENIDA RIO BRANCO, 157

ESTÉTICA (1924-25) MODERNISMO TRIUNFANTE

Avenida Rio Branco, 157, Rio de Janeiro. A partir de setembro de 1924, o centro da capital do país, cuja população àquela altura era de cerca de 1,1 milhão habitantes (duas vezes a de São Paulo), passou a ser o novo endereço da campanha modernista deflagrada em fevereiro de 1922. Na Livraria Odeon, funcionou durante nove meses a redação da revista *Estética*, criada por Prudente de Moraes, neto, e seu amigo, o jovem crítico e futuro historiador Sérgio Buarque de Holanda.

Colegas na Faculdade Nacional de Direito, eles tinham, respectivamente, 20 e 22 anos. O primeiro – cujo nome era grafado com vírgula e a palavra *neto* em minúscula para evitar confusões com um primo homônimo – era ainda pouco experiente no ramo da crítica literária, embora desde a adolescência já sonhasse com a criação da revista. Economizou parte do que ganhava trabalhando no escritório do pai, arranjou dinheiro emprestado e tratou a impressão de oitocentos exemplares do primeiro número por um conto e quatrocentos réis (valor correspondente a três vezes o seu salário).

A amizade com Sérgio Buarque de Holanda – dono de um currículo maior, pois trabalhava desde 1922 no periódico conservador *O Mundo Literário* e havia publicado um ano antes na revista *Fon-Fon!* o artigo "O futurismo paulista", sobre a fase embrionária de uma vanguarda ainda pouco conhecida – possibilitou a aproximação com os escritores de São Paulo, que prontamente acederam aos pedidos de colaboração.

Se *Klaxon* foi um desdobramento da Semana de Arte Moderna, *Estética* desejou ser – embora a isso não se tenha limitado – a continuação de *Klaxon*, isto é, o órgão que o Modernismo brasileiro deixara de ter desde o desaparecimento da revista de São Paulo, havia quase dois anos. A mesma turma de paulistas e cariocas que tinha feito a Semana reunia-se agora pela terceira vez, o que afasta completamente a ideia de que *Estética* fosse, num campo imaginário de disputas, a arregimentação de um grupo modernista do Rio de Janeiro.

Para os diretores da revista, a palavra de ordem parece ter sido mesmo *continuidade*. Reunindo os textos publicados e os que foram anunciados para números futuros, que não vingaram, torna-se claro que mais da metade dos colaboradores de *Estética* havia participado da aventura de *Klaxon* (inclusive o próprio Sérgio Buarque de Holanda, que ali publicara um curioso experimento ficcional, o texto humorístico "Antinuous, episódio quase dramático"). Estavam todos empolgados com a mesma campanha, e tanto na experiência de criação quanto no debate estético, ambos orientados pelo desejo de ruptura e atualização, a segunda revista seguiu de perto os passos da primeira. E nas duas, como o tempo ainda era de indefinição, as "palavras em liberdade" do Futurismo dividiam espaço com o passadismo dos versos de extração simbolista ou parnasiana.

A ligação entre essas revistas se deu até mesmo no espaço dedicado à publicidade, com o reaparecimento em *Estética* do chocolate Lacta e do guaraná Espumante, os mesmos anunciantes que haviam apoiado e, ato contínuo, abandonado *Klaxon*, recusando-se a voltar, mesmo com o irreverente apelo de seus redatores.

Bem mais comportados, os anúncios de *Estética* contaram com desenho de Pedro Nava (em toda a revista, só havia ilustrações na publicidade). Antigo companheiro de Prudente de Moraes, neto, no Colégio Pedro II, Nava também fez as vezes de representante comercial da revista carioca em Belo Horizonte, assim como Sérgio Buarque fora representante de *Klaxon* no Rio de Janeiro.

Na avaliação de seus diretores, havia em *Estética* uma diferença importante: o esforço de transformar o movimento modernista, fazendo-o passar do período polêmico ao de afirmação construtiva. De acordo com Sérgio Buarque de Holanda, "*Klaxon* tinha sido uma revista que rompia com uma porção de coisas. Precisava-se fazer uma revista que passasse a construir alguma coisa, a partir daquela ruptura, com a mesma gente, e gente que foi aparecendo depois, porque muitos não estavam na Semana de Arte Moderna".[1]

Ao esforço de construção ligava-se ainda o desejo de ampliar o público, de não ser rejeitada como havia sido *Klaxon*, por conta de suas blagues e ousadias no campo gráfico e visual. Daí a capa discreta em cor bege, com letras pretas, e o título centralizado, sem a preocupação de explorar o espaço e a plasticidade das palavras, mas copiando-se o modelo bem mais discreto da revista inglesa *The Criterion*, lançada em 1922 por T. S. Eliot. O resultado foi uma acolhida melhor que a obtida por *Klaxon*, com alguns artigos simpáticos na imprensa. No dizer de Rubens Borba de Moraes, depois da "revista de combate que lutava, mordia, arranhava, descabelava", *Estética* oferecia um "modernismo triunfante, afirmativo, bem instalado na vida".[2]

Nada disso, porém, impediu que as dificuldades financeiras decretassem o fim do periódico, de circulação trimestral, já na tiragem do terceiro número, em junho de 1925. Por outro lado, convém lembrar também que o papel de construção afirmado como novidade em *Estética* já fora reivindicado pela revista de São Paulo ("*Klaxon* tem uma alma coletiva que se caracteriza pelo ímpeto construtivo", dizia-se no manifesto),

1 Apud Maria Célia de Moraes Leonel, Estética *e o modernismo*. São Paulo: Hucitec/INL, 1984, p. 173.
2 Cf. Maria Célia de Moraes Leonel, op. cit., p. 140.

que por sua vez achava que a destruição esteve presente apenas na ruidosa Semana de 1922.

Construir era, pois, o objetivo de ambos os periódicos. Uma atitude que se tornou essencial ao modernismo, conforme sintetizou Paulo Prado, em maio de 1924, no prefácio que dedicou aos poemas do livro *Pau-Brasil*, de Oswald de Andrade: "Um período de construção criadora sucede agora às lutas da época de destruição revolucionária, das 'palavras em liberdade'."[3]

No capítulo das coincidências, deve-se lembrar ainda a presença forte e indesejada de Graça Aranha que, na opinião dos klaxistas e dos rapazes de *Estética*, não passava de um escritor conservador e oportunista, mas que soubera impor-se tanto a uns quanto aos outros, sendo homenageado na última edição de *Klaxon* e assinando o texto de abertura do número inicial de *Estética*, cujo nome ele próprio tinha sugerido (o ensaio seria republicado no ano seguinte por Graça Aranha, como parte do volume intitulado *Espírito moderno*). Depois de "encerrar" o primeiro periódico do Modernismo, o escritor maranhense se oferecia agora para inaugurar o segundo, de modo a unir as pontas das duas experiências, e com isso estabelecer entre elas uma ponte de significação irônica, mostrando que os modernistas ainda estavam atrelados a ele, um membro da Academia Brasileira de Letras, e que eram ainda dependentes do prestígio de que haviam usufruído dois anos antes na Semana de Arte Moderna, convidando-o a pronunciar a conferência de abertura.

Como se vê, a história das revistas não é movida apenas por afinidades estéticas e ideológicas, mas também pelos imperativos da política e da sociabilidade. Entretanto, se engoliram três vezes o mesmo sapo, os modernistas de *Klaxon* e *Estética* não digeriam tão bem suas propostas, expressas em teorias como o "objetivismo dinâmico" e a "unidade universal". E a despeito da homenagem feita no número de estreia, as páginas de *Estética* seriam curiosamente o lugar do conflito entre os realizadores das duas

Sérgio Buarque de Holanda aos 19 anos, 1920

3 Paulo Prado, "Poesia Pau-Brasil". In: Oswald de Andrade, *Poesias reunidas* Rio de Janeiro: Civilização Brasileira, 1972, p. 7.

revistas e o grupo de Graça Aranha, Ronald de Carvalho e Renato Almeida – vale dizer, a primeira cisão dentro da agremiação que fizera o Modernismo de 1922.

Na "Carta aberta a Alberto de Oliveira", publicada no terceiro número da revista, Mário de Andrade insiste que o Modernismo não foi trazido da Europa por Graça Aranha, pois já havia no Brasil um grupo vanguardista formado por Anita Malfatti, Victor Brecheret e Oswald de Andrade, entre outros.

No mesmo número, os diretores de *Estética* fazem restrições ao livro *Estudos brasileiros*, de Ronald de Carvalho, que consideravam tributário de velhas ideias a respeito da nacionalidade, especialmente dos preconceitos formados a partir do paradigma positivista, focalizando o Brasil como a "flor amorosa das três raças tristes". Defendem a necessidade de uma "revisão urgente do nacionalismo" e, com base na crítica à cultura, uma nova epistemologia do passado

Sumário do número 3 de *Estética*, 1925

SUMARIO

Mario de Andrade .... **Nocturno de Bélo-Horisonte.**
Couto de Barros .... **Omnibus.**
Manoel Bandeira .... } **Poemas.**
Guilherme de Almeida .... }
Sergio Milliet .... **Naturezas mortas.**
Prudente de Moraes, neto .. **Baipendê.**
Affonso Arinos Sobrinho .. **Copacabana.**
Sergio Buarque de Hollanda **Perspectivas.**
Carlos Drummond .... **Poemas.**
Andrade e Almeida .... **Manhã.**
Teixeira Soares .... **Vida em espiral (fim).**
Menotti del Picchia .... **Pomas.**

Crônicas e Notas, de Rodrigo M. F. de Andrade, Mario de Andrade, Prudente de Moraes, neto e Teixeira Soares.

Literatura brasileira — "O espirito moderno", de Graça Aranha. — "Meu", de Guilherme de Almeida. — "A escrava que não é Isaura", de Mario de Andrade. — "A arte moderna", de J. Invejosa.

Literatura franceza — "Feniles de roube I Le Formose e L'or de Blaise Cendrars. — "Anthologie de la jeune", poesia française.

Literaturas anglo-saxonias — "Aldous Huseley", Autil Hay.

Carta aberta a Alberto de Oliveira, de Mario de Andrade.

brasileiro.[4] Ao mesmo tempo, ressaltam a modernidade das *Memórias sentimentais de João Miramar*, de Oswald de Andrade, o que provocou a indignação de Graça Aranha e a desconfiança de que os rapazes de *Estética* estivessem conluiados com os paulistas.

Apresentando-se discreta e conciliadora, *Estética* acabou por ser o marco de um desentendimento que consistia, afinal, na realização de uma de suas principais metas. No lugar das demolições, tão recorrentes em *Klaxon*, e da contestação dos valores passadistas, vistos agora como superados, a revista voltou suas energias para a crítica das obras produzidas pelo próprio movimento. Era um modo de enfatizar seu trabalho de construção e, ao mesmo tempo, de assegurar que a literatura modernista não ficaria, por falta de leitores habilitados, desprovida de avaliação crítica.

Nas palavras de Prudente de Moraes, neto, "a crítica do modernismo ou se fazia dentro do modernismo ou não se fazia".[5] Daí as duras observações dirigidas ao livro de Ronald de Carvalho, as ressalvas feitas ao pernambucano Joaquim Inojosa, cujo futurismo àquela altura era tido como ultrapassado, e as discussões estéticas com Mário de Andrade, que não acompanhava os diretores de *Estética* em seu entusiasmo pelo Surrealismo.

Estética não se preocupou apenas em divulgar as novas criações literárias, mas principalmente em discutir os rumos do movimento. Os ensaios e as resenhas são as colaborações mais numerosas da revista. Sua matéria única era a literatura e, ao contrário de *Klaxon*, não havia em suas páginas críticas de cinema, música e artes plásticas.

Na parte destinada à criação, destacam-se os contos inusitados "As mortes de Nero", de Prudente de Moraes, neto, e "O rato, o guarda-civil e o transatlântico", do mineiro Aníbal Machado, além de um arremedo de peça teatral escrito por Mário de Andrade, "Moral cotidiana", que depois faria parte do volume intitulado *Primeiro andar*, de 1926. No que diz respeito

---

4 Cf. Monica Pimenta Velloso, "As distintas retóricas do moderno". In: Claudia de Oliveira et al. *O moderno em revistas: representações do Rio de Janeiro de 1890 a 1930*. Rio de Janeiro: Garamond, 2010, p. 62.
5 Apud Maria Célia de Moraes Leonel, op. cit., p. 185.

à poesia, conforme já se observou, permanece o ecletismo característico de *Klaxon*, com a coexistência de versos futuristas e poemas de feitio ainda passadista, compostos por Menotti del Picchia e Guilherme de Almeida, entre outros autores.

Fato notável é a entrada em cena do jovem Carlos Drummond de Andrade, com os poemas "Construção", "Sentimental" e "Raízes e caramujos" – os dois primeiros seriam incluídos posteriormente em seu livro de estreia, *Alguma poesia*, de 1930; o terceiro não voltaria a ser publicado. De Manuel Bandeira, a revista carioca apresenta em primeira mão poemas do volume *Libertinagem*, também de 1930, como "Pensão familiar", "Comentário musical" e o célebre "O cacto". Essas composições depois seriam modificadas por ambos os poetas, em busca de uma incorporação cada vez maior da simplicidade coloquial. À distância do Futurismo, começam a definir-se em *Estética* os valores que caracterizariam a maturidade da poética modernista.

A colaboração poética de maior impacto, porém, coube a Mário de Andrade e saiu no terceiro número da revista: o "Noturno de Belo Horizonte", longo poema de mais de quatrocentos versos, que viria a ser uma das peças centrais do livro *Clã do jabuti*, de 1927. Produzido após a famosa excursão modernista a Minas Gerais, em abril de 1924, esse poema foi um dos marcos da virada brasileirista ocorrida a partir daquele momento na história do Modernismo.

Esboçado em 1922, o nacionalismo toma corpo em *Estética*, o que talvez explique o fato de não existirem nela colaboradores estrangeiros, cuja presença era marcante em *Klaxon*. A revista carioca tinha consciência dessa guinada histórica e assumiu com segurança o papel de continuar a luta do primeiro periódico, sendo, para além das fronteiras do Rio de Janeiro, o "órgão nacional do movimento modernista, em sua segunda fase".[6] O movimento estava pronto para expandir-se, o que ocorreria nos anos seguintes, com a criação de revistas em outras partes do país.

Retrato em nanquim de Mário de Andrade, 1923

6 Definição dada por Prudente de Moraes, neto. Cf. Maria Célia de Moraes Leonel, op. cit., p. 141.

A REVISTA

Bello Horizonte, 1925/1926

A REVISTA (1925-26) ENTRE VANGUARDA E TRADIÇÃO

ACHEI ESPLÊNDIDA A IDEIA DE VOCÊS FUNDAREM UMA REVISTA AÍ. ISSO DE MORRER NÃO TEM IMPORTÂNCIA, O IMPORTANTE É VIVER UM POUCO AGITANDO E ENCANTANDO A VIDA.

Mário de Andrade, carta de 27 de maio de 1925 a Carlos Drummond de Andrade

O *DIÁRIO DE MINAS*, LEMBRAS-TE, POETA?
DUAS PÁGINAS DE BRILHANTINA MEU CORAÇÃO E ELIXIR DE NOGUEIRA,
UM PÁGINA DE: VIVA O GOVERNO,
OUTRA – DOIDINHA – DE MODERNISMO...

Carlos Drummond de Andrade, "Poeta Emílio"

Quando resolveram criar, na fleumática capitalzinha mineira de 80 mil habitantes, um órgão nacional de vanguarda, os poetas e intelectuais pertencentes ao grupo de Carlos Drummond de Andrade foram, sem dúvida, bastante atrevidos. Entretanto, eles pareciam ter a exata medida de suas forças e estavam devidamente escudados, seja com elos e apoios importantes em outros estados, seja com a experiência de trabalho que haviam adquirido juntos no único jornal em circulação na cidade.

O *Diário de Minas* era uma folha política, vinculada ao poderoso Partido Republicano Mineiro. Mas uma de suas páginas, a "Crônica social", trazia notas literárias e poemas, geralmente de gosto parnasiano ou simbolista, e também inúmeras piadas e manifestações de rebeldia, com a defesa aqui e ali das "modernas correntes estéticas" e dos "embaixadores da arte livre". Com exceção das caricaturas, tudo era permitido ao jovem poeta de Itabira e a seus amigos João Alphonsus e Emílio Moura, a quem é dedicado o poema citado em epígrafe. A essa roda se juntaram ainda Pedro Nava e, mais tarde, Cyro dos Anjos, entre outros.

A redação do *Diário de Minas* – mistura de academia e Parnaso, nas palavras de Drummond – foi um dos pontos de encontro do grupo, o berço em que se formou a inquietação literária em Belo Horizonte no começo dos anos 1920. Podemos considerar o jornal como o laboratório de onde emergiu, em meados da década, dando sequência às revistas *Klaxon* e *Estética*, o terceiro periódico do Modernismo, marco decisivo do processo de interiorização do movimento.

Os três números da revista mineira – que durou apenas seis meses, de julho de 1925 a janeiro de 1926 – foram impressos na tipografia do *Diário de Minas*, que aliás noticiou, em primeira página e com elogios, o lançamento da "magnífica publicação literária".[1] Do jornal saíram não apenas os tipos gráficos, mas sobretudo os colaboradores da revista e a experiência de lidar com o acanhado meio belo-horizontino que, num lance de esperteza, o texto de abertura do primeiro número considerava "um dos mais cultos e polidos do Brasil". Daí a recepção simpática que obtiveram, algo raro na história dos periódicos modernistas – e avesso, como se

1 Cf. Margaret Abdulmassih Wood da Silva, *A Revista: contribuição para o estudo do modernismo em Minas Gerais* (dissertação de mestrado). São Paulo: FFLCH/USP, 1984, p. 89.

sabe, ao espírito das vanguardas, que eram acostumadas à vaia, pela qual ansiavam, não à aprovação.

A história dos modernistas mineiros foi objeto de incontáveis depoimentos e crônicas, das quais a mais notável e minuciosa é a de Pedro Nava, no quarto volume de suas memórias, intitulado *Beira-mar*. De acordo com esses testemunhos, em fevereiro de 1922 eles nem chegaram a tomar conhecimento da Semana de Arte Moderna (e não havia aí arroubo de originalidade ou mentira, pois na época só chegavam a Minas os jornais do Rio de Janeiro, que não deram destaque ao acontecimento). Em compensação, tiveram a oportunidade de viver uma segunda Semana em abril de 1924, quando passou por Belo Horizonte a caravana de paulistas que tinha ido visitar as cidades históricas, em companhia do poeta franco-suíço Blaise Cendrars.

Desenho de Manuel Bandeira reproduzido em *Estrela da manhã*

Para os mineiros, Mário de Andrade representou "mais do que a Semana, o Tempo modernista", conforme palavras de Drummond,[2] que não cansava de apontar a correspondência com o autor de *Macunaíma* como o acontecimento intelectual mais importante de sua vida. Estimulados pelo debate travado nas cartas, os rapazes resolveram em poucos meses fundar a sua revista.

Tanto Mário de Andrade como Manuel Bandeira recomendaram que realizassem com prudência a empreitada. Em carta a Drummond, Bandeira foi bastante objetivo: "Aconselho diplomacia nas relações com o passadismo mineiro. Aproximação e sova por meio da prosa raciocinadora. Porrada só como revide." Mário foi mais longe, insistindo que a revista deveria ser franqueada aos adversários, "sem ficar igrejinha como *Klaxon*", pois isso seria contraproducente: "Botem bem misturados o modernismo bonito de vocês com o passadismo dos outros. Misturem o mais possível. É o único meio da gente fazer do público terra-caída amazonense. É isso que é preciso. Ele pensa que está firme no passadismo

2 Carlos Drummond de Andrade, "Imagens de 22: A semana e os mineiros", texto publicado no *Correio da Manhã* em 21 de fevereiro de 1962. Apud Margaret Abdulmassih Wood da Silva, op. cit., p. 281-3.

caros sogros

e de sopetão vai indo de cambulhada, não sabe e está se acostumando com vocês."[3]

No lugar do choque, que fora necessário anteriormente, na fase de destruição, cabia agora a diplomacia. Foi o que preconizaram os mestres (e admiradores) de fora de Minas, sem ignorar que ensinavam padre-nosso ao vigário. A exemplo de *Estética*, o periódico modernista de Belo Horizonte se apresentou ao público de forma bastante comedida.

O nome que os mineiros preguiçosamente escolheram, *A Revista*, era ao mesmo tempo seco e convidativo. Drummond, que o havia sugerido, não quis saber de complementos como "Revista de Arte Moderna" ou "Revista modernista". Sua preocupação era não adiantar programas, mas a escolha indicava ainda que, além de misturar passadismos e modernismos, a revista estaria aberta a múltiplos temas – como de fato esteve, trazendo também matérias sobre política, sociologia, história, religião, filosofia e psicanálise.

O periódico não tinha ilustrações, salvo em alguns anúncios de caráter convencional. Cor, apenas na capa e também discreta: um verde-claro esmaecido, a que se sobrepunham as letras vermelhas do título. A capa trazia também o "sumário", com a identificação das colaborações e de seus autores, conforme o padrão da revista inglesa *The Criterion,* seguido antes por *Estética*.

Distribuída em Belo Horizonte graças aos esforços de Pedro Nava, *Estética* constituiu um modelo importante para a concepção do periódico de Minas. Nela haviam publicaco textos Drummond e Aníbal Machado, marcando a entrada dos mineiros na seara do Modernismo. No terceiro número de *A Revista*, o crítico Martins de Almeida atribui à publicação carioca "uma compreensão perfeita do espírito moderno na sua fase construtiva". Embora parecidas, tanto na capa quanto no miolo, e apesar de sua seriedade e diplomacia, curiosamente nenhuma das duas escapou de ser "morta do mal de três números", para usar a expressão de Manuel

Drummond farmacêutico, 1925

3 Apud Plínio Doyle, *História de revistas e jornais literários*. Rio de Janeiro: Ministério da Educação e Cultura/Fundação Casa de Rui Barbosa, 1976, p. 86 e 88.

Bandeira, ao passo que revistas mais agressivas como *Klaxon*, *Verde* e a *Revista de Antropofagia* revelariam mais fôlego, alcançando um volume maior de edições.

Autores da maior quantidade de colaborações, Drummond e Martins de Almeida apareciam logo na primeira página como diretores do periódico, tendo escrito, sem assinar, os textos de apresentação do primeiro e do segundo número, que figuram como os dois principais manifestos do grupo. O "programa" da revista, conforme o artigo "Para os céticos", de autoria de Drummond, "resume-se numa palavra: Ação. Ação quer dizer obrigação, luta, esforço construtor, vida". Aí se informa também a intenção de atuar nos campos da literatura, da arte e da política – traço singular da publicação de Belo Horizonte, uma vez que em *Klaxon* e *Estética* predominou o debate literário – e de trabalhar ao mesmo tempo pela "renovação intelectual do Brasil" e pelo "saneamento da tradição, que não pode continuar a ser o túmulo de nossas ideias, mas a fonte generosa de que elas dimanem".

Drummond e seus companheiros se orgulhavam de ser "tradicionalistas", como reitera Martins de Almeida no texto "Para os espíritos criadores", que serve de apresentação ao segundo número: "Não queremos atirar pedras no passado". Desejavam a preservação do patrimônio histórico – campanha lançada pelo modernismo paulista na visita a Minas – e o respeito às tradições literárias, particularmente a autores simbolistas como Alphonsus de Guimaraens.

Como "órgão político", defendiam a necessidade de um governo forte para aplacar a ameaça dos "perigosíssimos elementos de dissolução". Mais tarde, após a experiência das ditaduras, Drummond reconheceria o exagero dessas palavras, dizendo que o perigo, ao contrário, estava no abuso do poder centralizado.[4] A nota principal do texto de Martins de Almeida está na "criação de um espírito nacional", em

---

4 Carlos Drummond de Andrade, "Anúncios, ideias, nomes em *A Revista*" (texto publicado em 23 de setembro de 1978 no jornal *Folha de S. Paulo*). Apud Margaret Abdulmassih Wood da Silva, op. cit., p. 276.

sintonia com a preocupação de "dar uma alma ao Brasil", reiterada sempre por Mário de Andrade em suas cartas.

Na seção "Os livros e as ideias", os colaboradores resenhavam as principais realizações do Modernismo brasileiro, além de livros estrangeiros, a maioria franceses. No terceiro número, aparecem textos críticos sobre música, teatro e artes plásticas. Na parte destinada à criação literária, predomina a prosa, com colaborações de Mário de Andrade, João Alphonsus e Godofredo Rangel, entre outros.

Drummond, usando o mesmo pseudônimo, Antonio Chrispim, apresenta "Enterro na rua pobre" – crônica comovente e irônica que em 1944 seria incluída no volume *Confissões de Minas* – e a composição teatral "Faze da tua dor um poema". Também aparecem no periódico três poemas seus que depois entrariam em *Alguma poesia*: "Coração numeroso", "Música" e "Igreja".

Emílio Moura, visto pelos amigos como encarnação da poesia, não publicou nenhum verso em *A Revista*, só textos críticos. Já Pedro Nava, que mais tarde se consagraria como memorialista, publicou um poema chamado "Alegria" e dois fragmentos de uma série dedicada a Diamantina, que ficariam apenas nas páginas do periódico. Por fim, em confirmação à decisão de misturar estilos e gerações, havia ainda espaço para o Simbolismo de Abgar Renault, que aparece duas vezes, e colaborações passadistas como o soneto "Natal", de Onestaldo de Pennafort.

Aconselhada por Mário e Bandeira, e já praticada no *Diário de Minas* – a mistura constituiu, pois, a essência do periódico. Diferentemente de um órgão de vanguarda, *A Revista* foi espaço de convivência de etapas distintas da literatura. Além disso, buscou o equilíbrio entre os ideais nacionalista e universalista, a eles juntando ainda uma pitada do regionalismo que não era bem visto pela doutrina "desgeograficadora" de Mário de Andrade. "Conciliação de lealdades" foi uma das expressões usadas pela crítica para definir essa integração de dados locais, nacionais e universais.[5] Segundo os próprios diretores, o objetivo era "dotar Minas com uma publicação que, conservando o máximo de cor local, refletisse nitidamente as aspirações coletivas da nova intelectualidade brasileira".

Por conta da mistura, surgem às vezes posições discordantes. No primeiro número, por exemplo, a mulher é vista de modo avançado como "pioneira de uma nova moral" no artigo "Em defesa da moda", de autoria não identificada; cinco páginas depois, em outra colaboração sem assinatura, são propostos métodos autoritários de educação, para evitar que a total liberdade trouxesse "desequilíbrio moral".

A exemplo dessas visões antagônicas a respeito da liberdade e da moralidade, também ocorrem leituras diferentes de uma mesma obra. É o caso da resenha de um livro sobre o escritor francês Anatole France feita pelo psiquiatra Iago Pimentel – colaborador mais velho e respeitado, que havia introduzido a psicanálise entre os tópicos da revista. Suas ideias são refutadas com veemência em outro texto não assinado, mas escrito por Drummond, publicado no mesmo número como se fosse a opinião de um leitor. Detalhe: *A Revista* não tinha seção de cartas, e mesmo que tivesse, não poderia exibi-las já em sua primeira edição.

Brincadeiras como essa não são raras no periódico de Minas, que Drummond chamou de "revista de estudantes", a despeito de toda a seriedade. No aspecto gráfico há discretas inovações, como o uso de diferentes tipos de letras para a titulação dos artigos. Alguns textos de Drummond apresentam pontuação ousada, com grafias incorretas e dispensa de vírgulas, à maneira de Mário de Andrade, numa tentativa de imitação da oralidade. Do mesmo autor brotam às vezes algumas bravatas, como a rejeição da literatura de Machado de Assis, que naquela altura considera hipercivilizada, ou as ressalvas feitas à obra de Proust, cuja leitura é vista como sacrifício: "Não que ele seja obscuro, mallarmesco, isso não. Mas escreve mal. Os períodos não acabam nunca...".

Poema de Manuel Bandeira publicado no número 3 de *A Revista*, janeiro de 1926

5 Cf. Antonio Sérgio Bueno, *O Modernismo em Belo Horizonte: década de vinte*. Belo Horizonte: UFMG/PROED, 1982, p. 181.

O humor surge também na crítica aos poetas ultrapassados que repetem clichês românticos como *tosse* e *luar*: "Com franqueza: prefiro beber esta água na bica do Casimiro, que é mais potável." No meio da conciliação havia, portanto, um grão de anarquismo. Tal disposição para incêndios foi reconhecida por Ronald de Carvalho em carta a Drummond: "Que bonita fogueira estão vocês fazendo com *A Revista*. [...] Você e Martins de Almeida, que inteligentíssimos diabos para sapecar essas pereiras, pessegueiros e oliveiras do nosso mato acadêmico! Estou inteiramente com vocês".[6]

Caricatura de Pedro Nava feita por Pinto de Moura

Ronald de Carvalho foi um dos destaques do terceiro número da revista, ao lado de Guilherme de Almeida, Manuel Bandeira e Mário de Andrade, apresentados com orgulho como "os poetas mais representativos do nosso momento". É curioso observar que a cisão ocorrida em *Estética* se desfaz nessa reunião de poetas pertencentes a grupos distintos do Modernismo brasileiro – feito que a própria revista qualifica como "singular impressão de força", sem supor que, por ironia, aquele número publicado em janeiro de 1926 seria o último de sua história.

Assim eram os rapazes de Belo Horizonte: vanguardistas, mas sobretudo diplomáticos; modernistas, porém acadêmicos, se levarmos em conta o curioso anúncio que veicularam da Confeitaria Estrela, um dos quartéis-generais do grupo: "O Estrela é hoje em Belo Horizonte uma casa de elite, frequentada pelas famílias de escol e preferida pelos acadêmicos de linha."

Pertencer de modo íntimo ao escalão mais alto de uma sociedade provinciana e ao mesmo tempo querer dinamitar seus valores não terá sido uma tarefa fácil. Daí a necessidade de sutilezas como a abertura do último número, na qual figuram, em posição de "manifesto", os versos de Manuel Bandeira: "Estou farto do lirismo comedido / Do lirismo bem comportado / Do lirismo funcionário público com livro de ponto expediente protocolo e manifestações de apreço ao Sr. Diretor [...]." O desabafo caía bem aos modernistas mineiros, vivendo na capital cheia de funcionários em que uivavam os sapos.

6 Apud Plínio Doyle, op. cit., p. 85.

Quinzenário
Redacção
e administração
Av. S. João, 96
(4.° and.)

terra roxa
e outras terras

Assinaturas
UM ANO
Brasil . . .
Extrangeiro . .
Número avulso .

Directores: A. C. Couto de Barros e António de Alcântara Machado
Secretário e administrador: Sergio
Composto em maquinas Linotype Mergenthaler e impresso na "Typ. Paulista", de JOSE' NAPOLI & CIA. — Rua Assembléa, 56-58 — S. Paulo. — Tel. Central 219

UMA CARTA DE ANCHIETA

Está á venda na livraria Maggs Bros, de Conduit Street, em Londres, uma carta autographa do padre Joseph de Anchieta. E' escripta de São Paulo de Piratininga, de São Paulo do Campo como dizem as actas da Camara dessa epoca, e é datada de um domingo, 15 de novembro de 1579.

Para um Paulista é com intensa emoção que se lê esse documento, escripto em lettra miuda e firme endereçado ao capitão-mór Jeronymo Leitão, loco-tenente do donatario, e que por esse tempo já iniciára a sua luta contra os Carijós. Escreve-o o padre Anchieta, do primitivo collegio toscamente elevado no alto da acropole piratiningana. Ao redor, nesse quieto dia de descanso, devia se lhe estender a vista por um largo horizonte de campos e mattos. Avistava toda a varzea do Tamanduatehy que ia até o Tieté, e dos lados da Tabatinguéra percebia o traçado incerto do caminho para S. Vicente, na direcção da Serra do Mar, donde vinham ao cahir da noite as nuvens de friagem e garôa. Mais perto, junto ao edificio do collegio, feito de taipa, e encostado á pequena egreja, cultivavam os padres o seu pomar, cheio de frutas da terra e "marmellos, rosas, cravinas, e lyrios brancos".

Pelo espigão da collina ajuntavam-se os casebres do povoado, com cerca de 120 fogos de Portuguezes. Para o Oeste, muito mais longe, á entrada de um sertão mysterioso, por onde se sumia o escuro Anhemby, viviam aldeados indios mansos, num agrupamento de mais de 500 pessoas.

E nesse mesmo rumo, nas suas terras de Parnahyba, talvez ainda vivesse, cioso de independencia e rodeado de seus mamalucos, o patriarchal João Ramalho...

Na villa e nos arredores viviam os padres uma rude vida de missionarios, enfrentando perigos e duros trabalhos. "Perigos de cobras, perigos de onças e tigres" — escrevia Anchieta. Passagens de rios caudalosos, intemperies e nos descampados de serra acima o frio terrivel que impedia de dormir a maior parte da noite, nos mattos, por falta de roupa e de fogo, "porque nem calça nem sapato havia, com as pernas queimadas das geadas e chuvas muitas e mui grossas e continuas".

Além dessa faina de conversão havia a preoccupação constante da defeza da villa, sempre ameaçada por incursões de gentio brabo. Dessa luta continua surgirá no Paulista a idea de que o indio escravisado era inexgotavel fonte de lucro. Da catechese ia nascer a bandeira escravocrata.

Em 1579 Anchieta já era provincial da Companhia de Jesus, e estava em vesperas de partir para outras missões no Rio de Janeiro, Bahia e Espirito Santo. Ao deixar São Paulo dava em sua carta algumas providencias de missionario e administrador. Preoccupava-o naturalmente a duvidosa sorte do collegio que deixava perdido nesse "sertão e cabo do mundo" como diria annos mais tarde o visitador Fernão Car-

Numa tarde algodoada de nevoeiro, frio e caligem de novembro londrino, a carta do padre Anchieta evoca a visão da outra Piratininga de hoje, erguendo-se tumultuariamente, num claro dia de sol, dos antigos campos que tambem conhecera o jesuita. E' o documento de familia que dá á Cidade moderna o attestado de longa ascendencia que não possuem os novos-ricos. Da pobreza primitiva, heroica e fecunda, da "pauperrima e estreitissima casinha" de 25 de janeiro de 1554, cerca de quatro seculos mais tarde a semente plantada pelo jesuita frutificaria como talvez nunca o sonhára a sua imaginação de poeta e de missionario. Todo o milagre dessa transformação está attestado no papel amarellecido da carta anchietana. Será possivel que S. Paulo permitta que o documento precioso desappareça nalgum leilão [...] graphos, ou cáia nas mãos [...] dos collecionadores america[...]

Governo ou particular, din[...] Thezouro ou subscripção [...] seja como fôr, é precizo que [...] grapho de Anchieta volte pa[...] de partio seculos atraz.

Custa 200 libras: o valor [...] ta saccas de café.

PAULO P[...]

APRESENTAÇÃO

Parece que este jornal, ao nascer, dá prova de uma coragem digna do Anhanguéra: destina-se a um público que não existe. O seu programa é isso mesmo: ser feito para o homem que lê.

A nossa terra roxa, mercê de sua fertilidade complexa e exagerada, tem dado á luz tudo que é o sonho de uma imaginação de pioneiro: açucar, café, aranha-céus, trens eléctricos, lança-perfumes, directórios políticos, omnibus, e até literatos. Tudo. Menos ali nesse banco de jardim inglês, ou nessa poltrona de varanda de bengalô, ou nesse clube, ou nessa rêde de fazenda, ou nesse pullman da Paulista, a entidade rara e irestimável que é um homem que lê. Pois é para esse homem imaginário, ou pelo menos ainda incognito como um rei em viajem de recreio, que decidimos imaginar, crear e jogar no mundo o TERRA ROXA... e outras terras.

Entre nós, o fenómeno é singular: não é o leitor á procura de um jornal, mas o jornal á procura de um leitor. Ensinemos êsse leitor a lêr. Sem cartilha. Sem bolos. Sem premio de fim de ano.

Tres desejos levam o homem civilisado á leitura: o de se instruir, o de se divertir, o de fazer bonito deante de parentes, amigos ou conhecidos. TERRA ROXA fornecerá leitura para esses tres fins. Quem o lêr, com aquela assiduidade que sempre comove as administrações jornalísticas, poderá facilmente aprender, distrair-se e, como se diz no nosso admirável idioma ítalo-páubrasil, bancar o intelectual.

Ao ente hipotético e incerto, para quem compomos este quinzenário, oferecemos, como numa bandeja caipira, o repasto variado e suculento que convem a um apetite virgem: crónica literária, crónica artística, crónica filosófica, crónica musical e teatral, ensaios de crítica, ensaios de história, creações de poetas, novelas, romances, todos os gêneros, menos, esperemos em Deus, êsse gênero páu (ennuyeux em francês), de que fugiremos como da peste

Os trabalhos publicados obedecerão a uma linha geral chamada do espírito moderno, que não sabemos bem o que seja, mas que está patentemente delineada pelas suas exclusões.

Camarada leitor: muito prazer e muita honra em descobril-o.

Uma suggestão para [...]gem da tristeza e [...]lidade dos paulista[s]

"Entrando-lhe algum hosp[...] la casa a honra e agazalho [...] fazem é chorarem-no: e[...] pois, logo o hospede na ca[...] sentão na rede, e depois de as[...] sem lhe falarem, a mulher [...] e mais amigas se assentam [...] dor, com os cabellos baixos, [...] com a mão na mesma pesso[...] meçam a chorar todas em [...] zes, com grande abundancia [...] grimas, e ali contam em [...] trovadas quantas cousas tê[...] tecido desde que se não v[...] aquella hora, e outras muit[...] imaginam e trabalhos que [...] de padeceu pelo caminho, e [...] mais que póde provocar a [...] e chôro. O hospede neste [...] não fala palavra, mas dep[...] chorarem por bom espaço de [...] limpão as lagrimas, e ficão t[...] tas, modestas, serenas e aleg[...] parece nunca chorarão, e [...] sandão e dão o seu Ereiupe [...] trazem de comer, etc.; e dep[...] tas cerimonias contão os h[...] no que vêm. Tambem os hon[...] choram uns aos outros, mas [...] casos alguns graves, como [...] desastres de guerras, etc.; [...] grande honra agazalharem a [...] darem-lhe todo o necessari[...] sua sustentação, e algumas [...] como arcos, frechas, passar[...] nas e outras cousas, confor[...] pobreza, sem algum genero [...] pendio".

(Extraido de Fernão Card[...] principio e origem dos in[...] Brasil").

A DANÇA DE S. GONÇALO

Atmosfera de cauda de pricisão Bodum.

Os homens formam duas filas deante do altar de S. Gonçalo. S. Gonçalo está enfaixado como um rescemnascido. Azul. Branco. Entre palmas de S. José. Estrelas no céu de papel de seda.

Os violeiros, encabeçando as filás, puxando a reza, fazem reverências. Viram-se para os outros. E os outros dansam com êles. Bate-pé no chão de terra socada. Pan-pan-pan-pan-pan! Pan-pan! Pan! Pan-pan-pan! Pan-Pan! Páram. De repente. Inesperadamente.

Para bater palmas. Pla-pla-pla-plá! Pla-plá! Plá! Pla-plá-plá-plá! Pla-plá! Páram.

Para os violeiros cantarem, viola no queixo:

E' êste o primeiro velso
qu'eu canto pra S. Gonçalo...

— Senta aí mesmo no chão, Benedito!

E' êste o primeiro velso

[...] deante de S. Gonçalo. Acocóra-se.

O acompanhamento das violas, feito de tres compassos, não cansa. Os assistentes enchem os cantos sombreados. No centro da sala de vinte metros quadrados, a lâmpada de azeite se agita.

Minha bôca está cantando,
meu coração lhe aderando!

Cabeças mulatas espiam pelas janelas A porta é um monte de gente. A dona da casa, desdentada, recebe os convidados.

— Não vê que meu defunto seu Vieira tá enterrado já há dois ano... Faiz mesmo dois ano agora no Natar...

Pan-pan-pan! Pan-pan! Pan!

— A alma dêle está penando aí por êsse mundo de Deus, sem podê entrá no céu...

Pla-pla-pla-plá! Pla-plá!

— Eu antão quiz fazê esta oração pra S. Gonçalo deixá êle entrá...

[...] querda, cumprimentam á direita, tocam-se ombro contra ombro, voltam para seu lugar. O negro de pala é o melhor dançarino da quadrilha religiosa.

S. Gonçalo é um bom santo
por livrá seu pai da forca.

A noite cerca de escuridão a casinha de barro. Cigarros acesos são riscos de fogo nas mãos inquietas.

A dona da casa é viuva de um português. E amiga de um negro.

— Não vê que o Crispim tambem pegou uma doença danada... Não havia geito de sará... O coitado quiz até se enforcá num pé de bananeira!

Artá de S. Gonçalo,
artá de nossa oração!

— Nois, antão, fizémo uma premessa. Que se Crispim sarasse, nois fazia esta festa.

Foi premessa que sarando
será seu precuradô!

A cabocla trata de salvar a alma do morto e o corpo do vivo. A [...]

Abençoada seja a mão
que enfeitô êste oratorio!

O preto de pala dá um tropicão engraçado. E a mulher de azul celeste ri, amamentando o filho. Mas os violeiros esganiçam:

Da dansa de S. Gonçalo
ninguem deve caçoá.

Ôôôôh! Aaaaah! Iiiiiiih!

S. Gonçalo é vingativo:
êle pode castigá!

Silêncio na assistência descalça. As bandeirinhas desenham um X de papel sobre a cabeça dos dançarinos. Atrás da casa, tem cachaça do Corisco.

— Despois, é a veiz das moça. Quem quizé pode pegá o S. Gonçalo e dansá com êle encostado no lugar doente.

Onde chega os pecadô,
ajoelhai, pedi perdão!

O estouro dos foguetes ronca no vale estreito. São fagulhas os vagalumes. De uma fogueira que não se vê. Lá dentro, o mesmo ritmo. Faz já uma hora monotona.

Oratório tão bonito
c'uma luz a alumiá!

Do alto do montão de [...] gente vê, no fundo, S. Pa[...]rado. Todo aceso. Do outr[...] Serra da Cantareira não [...] vista passar. Nosso céu t[...] estrelas.

S. Gonçalo foi em Rom[...]
visitá Nosso Sinhô.

— Só acaba amanhã, si[...]

NOSSA ENQUETE

Mas a final o que é [...]pirito moderno,
Toda a gente fala em [...]dernismo, em mental[...] moderna. Existe ou não [...] espirito, essa mentalida[...]
Existe!
Não existe!
"Terra Roxa" resolveu [...] intermodio de seu col[...]dor Rubens de Moraes, [...] uma grande enquête pa[...]clarecer ou obscurecer [...] mais o problema.

TERRA ROXA E OUTRAS TERRAS (1926) MODERNISMO PARA TODOS

"Leiam *Terra roxa*, o melhor jornal literário do Brasil. Quinzenalmente crônicas de arte, música, teatro, poesia e filosofia. Inéditos dos melhores escritores modernos. Todo brasileiro culto deve assinar *Terra roxa*." Esse anúncio publicado nas páginas de *Terra roxa e outras terras* sintetiza as principais características do periódico lançado em São Paulo, em janeiro de 1926, no mesmo mês em que *A Revista* de Belo Horizonte dava seu último suspiro.

Apresentado em formato de jornal, variando entre quatro e seis páginas, o quinzenário não obedeceu rigorosamente a periodicidade prevista, e os últimos dois números, do total de sete, saíram com intervalos superiores a dois meses. Como as demais publicações modernistas, *Terra roxa* desapareceu sem dar explicações em setembro do mesmo ano de 1926.

No quinto número, os escritores Antônio de Alcântara Machado e A. C. Couto de Barros (cujos nomes apareciam na capa como diretores, ao lado do secretário Sérgio Milliet) divulgaram a intenção de ampliar o número de páginas e enriquecer o conteúdo do jornal, que prometiam converter na "futura melhor revista literária brasileira". A promessa caiu no vazio, assim como a que foi feita em 1922 por Mário de Andrade, quando anunciou que *Klaxon* seria substituída por uma nova revista, chamada *Knock-Out*, "de mais larga liberdade e com editores ricos: Paulo Prado e Tarsila do Amaral".[1]

Impressa na mesma gráfica que fez *Klaxon* – e exibindo praticamente o mesmo time de colaboradores –, *Terra roxa* distinguiu-se, porém, do espírito de blague e polêmica que presidiu à fundação de sua antecessora. Se *Estética* e *A Revista* já traziam poucos vestígios da disputa inicial contra o passadismo e a arte oficial, agora essa preocupação parecia ter se extinguido por completo.

A capa e o título revelavam de saída a distância que a revista amistosa de 1926 tomara em relação ao agressivo clarim de 1922. À primeira vista, nem parecia uma publicação literária ou cultural – aliás, uma pequena nota relata o curioso episódio do fiscal que, em face do cartão colocado à porta da redação, quis cobrar dos escritores "um imposto de comércio de 200$ por vendas de terras... roxa e outras, naturalmente".

Longe dos manifestos vanguardistas, o texto de abertura do primeiro número, intitulado "Apresentação", não expunha posições estéticas e nem apontava adversários, referindo-se de forma vaga a um "espírito moderno" que se confessavam incapazes de definir. Daí a repercussão favorável que obtiveram, com exceção de algumas "xingações engraçadíssimas", mencionadas no terceiro número, como a de "certo jornalzão" que classificou *Terra roxa* de "jornaleco". Mas não houve reação por parte dos redatores: "Não protestamos não. O cavalheiro tem razão! *Terra roxa* é um jornaleco. Exatamente. Nos dois sentidos, gramatical e literário; é um jornal/eco das correntes modernistas."

Na verdade, *Terra roxa* se considerava, parafraseando Pirandello, "um jornal à procura de um leitor". O desejo de não se restringir ao debate estético e ao diálogo entre os

---

1 Apud Cecília de Lara, *Klaxon & Terra roxa e outras terras: dois periódicos modernistas de São Paulo*. São Paulo: IEB, 1972, p. 26.

integrantes do movimento modernista fica evidente no citado anúncio, dirigido a "todo brasileiro culto", a quem se busca instruir e ao mesmo tempo divertir por meio de matéria leve e variada. Entre os atrativos, destacam-se as "crônicas de arte, música, teatro, poesia e filosofia". Crônicas e não críticas, isto é, os comentários se ligam aos acontecimentos em curso no mundo cultural (incluindo o setor esportivo) e não propõem aprofundamentos, pois visam apenas à orientação do leitor. Traduzir o "espírito moderno" para um público amplo, indo além do campo literário e artístico, era também o objetivo das revistas semanais de alta tiragem, mas *Terra roxa* diferia delas por seu caráter despojado e pela ausência de ilustrações.

Curiosamente, o jornal também fazia piada com seus intentos de abertura, afirmando que se destinava "a um público que não lê". A expressão "brasileiro culto" usada no anúncio deve ser vista como ironia, pois o que se observa nos comentários sobre os concertos e as exposições de arte em cartaz em São Paulo é um constante lamento a respeito da "incultura" do público e de sua atitude subalterna ante o estrangeiro, preferindo as obras acadêmicas de origem ou imitação francesa, a maioria de baixo nível. Em suma, o pequeno jornal procura o leitor médio, mas repudia sua ignorância, afirmando com verve machadiana que era composto para um "ente hipotético e incerto".

Na enumeração das matérias que seriam objeto de "crônicas", chama a atenção a exclusão do cinema, celebrado em *Klaxon* por sua linguagem representativa das inovações modernas, e a introdução, em contrapartida, de uma produção artística menosprezada até então pelos periódicos modernistas, o teatro, que ganha crítica regular em *Terra roxa*, assinada por Alcântara Machado. Mas o panorama teatral brasileiro é reprovado inúmeras vezes, seja por imitar as companhias europeias, seja pela pobreza da literatura dramática nacional. Portanto, o teatro continuou a ser visto como "patinho feio" pelos modernistas, que a ele sempre preferiram o improviso das companhias circenses e brasilidade de palhaços como os célebres Piolim e Alcebíades.

Só depois de elencar a diversidade de matérias é que o anúncio de *Terra roxa* entra na seara modernista, prometendo ao leitor "inéditos dos melhores escritores modernos". Aqui o cardápio numeroso dá lugar a um prato único e específico. O que se oferece não é simplesmente literatura, nos seus vários estilos, mas uma parte específica da produção, a dos "escritores modernos", a essa altura considerados como uma espécie de grife, cujo prestígio não se põe mais em questão.

Em 1926, o movimento modernista já tinha dado a lume uma série respeitável de obras: *Pauliceia desvairada* e *Losango cáqui*, de Mário de Andrade, *Memórias sentimentais de João Miramar* e *Pau-Brasil*, de Oswald de Andrade, *Poesias*, de Manuel Bandeira, *Epigramas irônicos e sentimentais*, de Ronald de Carvalho, *Meu*, de Guilherme de Almeida, *Espírito moderno*, de Graça Aranha, *Paulística*, de Paulo Prado etc. Em outros campos artísticos, modernistas como Villa-Lobos e Brecheret haviam adquirido fama internacional.

Ao comentar a exposição aberta por Tarsila do Amaral em Paris, os redatores observam: "É a grande notícia que nos enviam daquela cidade. Já agora podemos apresentar--nos de cabeça erguida perante o público culto da Europa." E comemoram: "Temos uma arte nossa, tão grande e tão pura quanto a das outras nações europeias..."

Para esse sentimento de vitória, causado pela internacionalização da vanguarda brasileira, também contribuía, em direção oposta, o movimento de interiorização das novas ideias, com adesões despontando em todo o país. Nas palavras de Sérgio Milliet, o Modernismo "já triunfou lindamente em Minas e se espraia pelo norte atento". *Terra roxa e outras terras*, como enfatiza o título, é um documento dessa expansão, revelando que começou cedo, já em meados da década de 1920, o processo de rotinização do nosso Modernismo.

Sergio Milliet, década de 1920

Outras terras: não apenas São Paulo, mas também Rio de Janeiro, Minas Gerais e os estados do Nordeste; não só os centros urbanos, mas também as pequenas cidades e os sertões espalhados pelo interior do Brasil. A presença desses outros modernismos é um dos traços marcantes da revista, que além de exibir a prata da casa, também sai em busca de outros tesouros.

Na parte dedicada à criação literária, a prosa comparece em maior volume que a poesia, pois esta "faz pouca figura em jornal", conforme observou Mário de Andrade em carta de 19 de março de 1926 a Manuel Bandeira.[2] Entre as colaborações, destacam-se o conto "Galinha cega", do mineiro João Alphonsus e um fragmento do romance *Serafim Ponte Grande*, de Oswald de Andrade, que seria publicado apenas em 1933. Também há textos de difícil classificação, oscilando entre o conto e a crônica, escritos por Carlos Drummond de Andrade, Couto de Barros e Prudente de Moraes, neto.

Como amostra da poesia modernista, publicam-se o famoso "Pneumotórax", de Manuel Bandeira, "Iara", de Mário de Andrade, "Jardim da Praça da Liberdade", de Drummond, "Modinha do pernilongo", de Guilherme de Almeida, além de contribuições oriundas do Rio Grande do Norte: versos regionalistas de Luís da Câmara Cascudo e Jorge Fernandes, que era colaborador da revista *Nossa terra e outras terras*, fundada em Natal como uma espécie de sucursal do periódico paulista.

Responsável por um dos pontos altos da criação literária reunida em *Terra roxa*, João Alphonsus dizia que o fulcro da renovação proposta pelo Modernismo consistia em "escrever brasileiramente sobre assuntos brasileiros".[3] Até meados da década de 1920, a história das revistas modernistas é feita de uma valorização crescente do "espírito nacional" – que começa timidamente em *Klaxon*, cresce em *Estética* e se torna central, ainda que não exclusiva, em *A Revista* –, ocorrendo paralelamente a um progressivo esvaziamento do postulado universalista e da preocupação com o debate estético internacional.

Em 1926, o chamado "espírito moderno" é objeto de uma quase indiferença. O que importa é unicamente o Brasil, a que se refere duas vezes o anúncio do periódico paulistano (um "jornal literário do Brasil" destinado ao "leitor brasileiro"),

---

2 Cf. Marcos Antonio de Moraes (org.), *Correspondência: Mário de Andrade e Manuel Bandeira*. São Paulo: Edusp/IEB, 2001, p. 278.

3 João Alphonsus, "À deriva". In: Edgar Cavalheiro, *Testamento de uma geração*. Porto Alegre: Globo, 1944, p. 156.

de modo análogo à reiteração que ocorre no nome *Terra roxa e outras terras*, estampando um duplo enraizamento.

A ausência de colaboradores estrangeiros, que ocorria desde *Estética*, se radicaliza agora com a exclusão dos assuntos de fora. O desprezo atinge inclusive os artistas de vanguarda que visitavam o país, como o futurista Marinetti – a quem tratam como figura ridícula e já superada – e o poeta Blaise Cendrars, tão intimamente ligado ao Modernismo nacional, que mal aparece nas páginas de *Terra roxa*.

Brasileirismo – e não mais nacionalismo – é a expressão que ganha força naquele momento, orientando o balanço que se faz dos primeiros anos do Modernismo. Por conta desse conceito, debatido à exaustão na correspondência de Mário de Andrade e nas publicações modernistas, estavam ocorrendo as cisões mais importantes no interior do grupo que fizera a Semana de Arte Moderna. Em *Estética*, como vimos, a resenha do livro *Estudos brasileiros*, de Ronald de Carvalho, provocara um desentendimento com a facção de Graça Aranha. Nas páginas de *Terra roxa*, a briga entre Mário de Andrade e Menotti del Picchia, que havia publicado uma crítica aos poemas de *Losango cáqui*, ultrapassa o plano literário, com violentos ataques pessoais. O segundo número do jornal apresenta, lado a lado, o texto do autor de *Juca mulato* e a refutação feita por seu adversário. Menotti del Picchia insulta não apenas o ex-amigo – a quem, segundo ele, haviam estragado o diletantismo, a "desabusada audácia mental" e a "ausência nele do verdadeiro poeta" –, mas toda a "ninhada futurista que se acocora em torno de Mário de Andrade e cacareja sistemáticos aplausos, gralhas sacudindo as penas". Respondendo no mesmo tom, o autor de *Pauliceia desvairada* xinga o oponente de vaidoso, parnasiano, "pedante imprestável", acrescentando que ele só tinha sido aceito no início do movimento porque "nesse tempo tudo servia".

Com Cassiano Ricardo e Plínio Salgado, Menotti del Picchia constituiria naquele mesmo ano de 1926 o grupo Verde-amarelo, defendendo uma visão mítica e conservadora do nacionalismo. Enquanto Graça Aranha e seus aliados recusavam o primitivismo, a agremiação ufanista

30 SACAS DE CAFE'

Subscrição, em sacas de café, feita pelo quinzen-rio "terra roxa e outras terras", para a aquizição, e Londres, de um autógrafo do

PADRE ANCHIETA

Subscritores	**Sacas post em Santo**
Redação de "terra roxa"	2 saca
Conde de Prates	1 "
Carolino da Motta e Silva	1 "
Cia. S. Martinho	2 saca
Henrique de Souza Queiroz	1 saca
A. V. Cerquinho	1 "
José de Souza Ferreira	1 "
João B. Ferraz Sampaio	1 "
Elyseu T. de Camargo	1 "
Thadeu Nogueira	1 "
Edgard Conceição.	1 "
Macedo e Irmão	1 "
Luiz Alves de Almeida	2 saca
Pio Lourenço Correia.	1 saca
Carlos Leoncio de Magalhães . . .	1 "
Limpo de Abreu	1 "
Martinho da Silva Prado	1 "

formada em São Paulo rejeitava o diálogo com as vanguardas estrangeiras. Já o "brasileirismo" de *Terra roxa*, que logo desembocaria na Antropofagia, tendia à assimilação dos polos, e ainda que intenso e desbragado, não descartava a formulação de visões críticas sobre o Brasil.

A fragmentação do Modernismo de 1922 nem sempre aparecia tão clara quanto na disputa entre Mário de Andrade e Menotti del Picchia. Em alguns momentos, as posições chegavam a se confundir, como na celebração feita no quinto número de *Terra roxa* por conta da aquisição em Londres de uma carta assinada por Anchieta, que voltava a São Paulo depois de 347 anos, resgatada graças ao pagamento de trinta sacas de café. Trata-se de um acontecimento importante na história do jornal, que tinha sido responsável pela campanha de recuperação do documento e agora celebrava, por meio de um discurso de Paulo Prado, o progresso e o poder econômico de São Paulo. A carta de Anchieta é tratada como "documento de família", gesto que destoava completamente do espírito vanguardista, não por reverenciar o passado – atitude central e decisiva nessa segunda fase do Modernismo –, mas por fazê-lo em moldes conservadores. Foi o momento em que se cantou o café produzido na terra roxa e o bandeirantismo secular de São Paulo, à maneira dos odiados verde-amarelistas.

Mas a polêmica não foi mesmo o forte da revista de 1926. Com exceção da briga mencionada, os colaboradores mantiveram-se longe das agressões. O contraste com *Klaxon* deixa evidente uma certa impressão de apatia. A tranquilidade é tão grande que o passadismo só é lembrado e criticado de passagem, como ocorre num rápido comentário a respeito da Academia Brasileira de Letras: "O espírito moderno dentro dela se cobriria de bolor". Sem forçar a nota, poderíamos acusar a mesma falta de vitalidade em *Terra roxa e outras terras*, em cujas páginas o "espírito moderno", oferecido para o consumo de um público amplo e em franca desvantagem no confronto com o "espírito nacional", também aparece esmaecido e embolorado.

Nota sobre compra do autógrafo do Padre Anchieta, publicada no número 2 da *Terra roxa*, em fevereiro de 1926

: : DIRECÇÃO :

:: :: :: :: DE

HENRIQUE DE RESENDE

MARTINS MENDES

:: :: :: :: E :: :: :: ::

ROS[illegible]SCO

VERDE

REVISTA MENSAL DE ARTE E CULTURA

NUMERO

ANNO . .

:: :: REDACÇÃ[illegible]

:: :: :: E ::

ADMINISTRA[illegible]

RUA CEL. VIEIR[illegible]

CATAGUAZES

MARIO DE ANDRADE	CASO DA CASCATA
OSWALDO DE ANDRADE	OS ESPLENDORES DO ORIENTE
PRUDENTE DE MORAES, NETO	AVENTURA
JOÃO ALPHONSUS	OXYCYANURETO DE MERCURIO
ILDEFONSO PEREDA VALDÉS	A GERMANA BITTENCOURT
BLAISE CENDRARS	AUX JEUNES GENS DE CATACAZES
MARTINS DE OLIVEIRA	MODERNISMO
SERGIO MILLIET	RELIGIÃO
GODOFRÊDO RANGEL	A SYNCOPE
WELLINGTON BRANDÃO	CANTOS MUNICIPAES
ABGAR RENAULT	MATINAL
ASCENSO FERREIRA	CAMELOTS
CARLOS DRUMMOND DE ANDRADE	QUADRILHA
ASCANIO LOPES	DESCOBRIMENTO DO BRASIL
ROSARIO FUSCO	FESTA DA BANDEIRA
EMILIO MOURA	CHROMO
HENRIQUE DE RESENDE	CANTO DA TERRA VERDE (2)
PEDRO NAVA	VENTANIA
ILDEFONSO FALCÃO	SINGERMAM, STOLEK E ETC.
CAMILLO SOARES	DESCOBERTA

"FIGURA": ROSARIO FUSCO

NOTAS DE: YAN DE ALMEIDA PRADO, HENRIQUE DE RESENDE, ROSARIO FUSCO E ASCANIO LOPES

NUMERO — 1$000 ASSIGNATURA — 11$000

VERDE (1927-28; 1929) O FENÔMENO DE CATAGUASES

Com a revista *Verde*, o espírito combativo, irreverente e universalista de *Klaxon* voltou à cena, surgindo de modo surpreendente quase no desfecho da fase heroica do movimento de 1922 – e não nas capitais internacionais do país, mas em pleno interior de Minas.

Há casos em que uma revista literária entra para a história como o feito mais importante de uma agremiação. No currículo dos "ases de Cataguases" – expressão criada em parceria por Mário de Andrade e Oswald de Andrade –, *Verde* foi, sem dúvida, a principal realização vanguardista e não por acaso deu nome ao grupo. Significou não apenas um veículo para a expressão e a difusão de novas ideias, mas a própria condição de existência e inserção daqueles rapazes no movimento modernista, dado o isolamento em que viviam, no fundo da zona da mata mineira, numa cidade que possuía apenas 16 mil habitantes.

"Sou de Cataguases, cidadezinha pacata de Minas Gerais" – escreveu, em carta a Mário de Andrade, o poeta Rosário Fusco, mal saído dos dezessete anos de idade – "e venho trazer a notícia de que eu e Henrique de Resende fundamos uma revista moderna aqui. *Verde* é o nome da baita. Espero a tua colaboração pra ela". O missivista acrescenta que não tinha vergonha de pedir e informa que havia acabado de "dar uma facada no Alcântara e no Oswald".[1] Antônio de Alcântara Machado, o primeiro a ser procurado em São Paulo, é que fornecera as indicações e os endereços dos outros modernistas, a quem o endiabrado Fusco – um dínamo cheio de energia, ao contrário do que dizia seu nome – se dirigiu desde o começo em tom íntimo e até insolente: "Mande colaboração, seu burro!", teria dito a Paulo Prado.

Lançado em setembro de 1927, com uma tiragem de quinhentos exemplares (quase todos distribuídos de graça), o primeiro número de *Verde* reunia apenas escritores de Minas. Além dos rapazes que assinariam depois o "Manifesto do Grupo Verde de Cataguases", havia a participação de modernistas de Juiz de Fora e Belo Horizonte. O órgão que poderia ter parecido regional – e o "localismo" constituía, com efeito, um dos traços da produção literária dos verdes –, logo se revelou, porém, nacional e internacional, uma tribuna aberta "a todos os novos do Brasil e do mundo".

A partir do segundo número, começaram a aparecer colaborações de outras partes do país, como São Paulo, Rio de Janeiro, Pernambuco e Rio Grande do Sul, e também do exterior. De todos os lados afluíam colaborações, encomendadas por Rosário Fusco, com a ajuda de Mário de Andrade, e todas as tardes os rapazes eram obrigados a passar no correio. Nos últimos meses de 1927, o modernismo se transferiu em peso para Cataguases.

Ce petit klaxon m'amuse ("Esse pequeno Klaxon me diverte"), escreveu Blaise Cendrars no poema "Aux jeunes gens de Catacazes" ("Aos jovens de Cataguases"), publicado no terceiro número de *Verde*. "Espantoso" foi o adjetivo

---

1 As cartas trocadas entre Rosário Fusco e Mário de Andrade, bem como a correspondência que este manteve no final da década de 1920 com outros moços de Cataguases, foram reunidas e estudadas por Ana Lúcia Guimarães Richa em sua pesquisa de doutorado (ainda em andamento) na Universidade de São Paulo, sob a orientação do professor Marcos Antonio de Moraes.

usado mais de uma vez por Mário de Andrade para se referir ao grupo, ao qual depois se juntariam outros qualificativos – "milagre", "fenômeno de Cataguases", "proeza", "milagre verde" etc. –, todos pertencentes ao campo semântico da exceção e da anormalidade.

Essa impressão de anomalia se devia obviamente à inversão do fluxo e da expectativa habituais, pois a produção cultural costumava partir do centro em direção à periferia, e não o contrário. Além desse feito de atrair colaborações vindas de cidades maiores, a revista parecia contrariar a própria história da modernidade e dos movimentos de vanguarda, geralmente associados à experiência urbana, e não ao ritmo moroso e às tradições do meio rural.

A formação do grupo começou nos bancos do Ginásio de Cataguases. Nos fins de semana, os rapazes frequentavam as reuniões do Grêmio Literário Machado de Assis e as concorridas sessões de cinema – não se esqueça que a cidade foi um dos berços do cinema nacional, local onde Humberto Mauro, amigo dos verdes, realizou seus primeiros experimentos. Para publicar seus poemas, eles tinham à disposição os jornais da cidade, especialmente o *Mercúrio*, que chegou a ser editado por Guilhermino César, funcionando como laboratório para os jovens modernistas, tal como o *Diário de Minas* para os fundadores de *A Revista*.

Em 1925, saindo de Cataguases para estudar Direito na capital, o poeta Ascânio Lopes teve a oportunidade de acompanhar o grupo liderado por Carlos Drummond de Andrade num momento de efervescência. Do contato com os modernistas de Belo Horizonte e também do Rio de Janeiro é que surgiram os estímulos para a criação de uma revista em Cataguases, que no entanto acabou se conectando mais fortemente aos escritores de São Paulo.

Verde teve duas fases. Inicialmente, foram impressos cinco números: os quatro primeiros circularam entre setembro e dezembro de 1927, mas o quinto número só saiu em junho de 1928, com seis meses de atraso, trazendo data de janeiro e um suplemento de doze páginas relativo aos meses de fevereiro a maio. Exceto neste último número, que trazia

O poeta Ascânio Lopes, década de 1920

o título em vermelho (talvez como advertência e prenúncio do fim), nas capas anteriores a cor do título era sempre verde, com o subtítulo "revista mensal de arte e cultura", os nomes dos diretores e redatores e, em destaque dentro de um quadrado, a relação das colaborações.

As primeiras e as últimas páginas, de um total de 34, eram dedicadas aos anúncios. A diagramação não seguia regras, variando o uso de bordas e tipos gráficos. Além dos textos críticos e de criação, havia ainda espaço para desenhos, feitos por Rosário Fusco ou por colaboradores estrangeiros, como as argentinas Maria Clemencia e Norah Borges, irmã de Jorge Luis Borges.

Em 1929, Ascânio Lopes, que na *Verde* era considerado "o poeta por excelência", morreu antes de completar 23 anos de idade. Inteiramente dedicada à sua memória, uma edição especial da revista foi impressa em maio, com homenagens enviadas por Mário de Andrade, Alcântara Machado, Graça Aranha, Ascenso Ferreira, Drummond e Murilo Mendes, entre outros. A publicação não trazia anúncios, e na capa foi posto o número 1, indicando o início de uma segunda fase da revista. A continuidade não existiu. "Ascânio morreu no dia 10 de janeiro de 1929, e com ele morreu a *Verde*", escreveria mais tarde Henrique de Resende.[2]

2 Henrique de Resende, *Pequena história sentimental de Cataguases*. Belo Horizonte: Itatiaia, 1969, p. 112.

A última ação do grupo foi o lançamento, naquele mesmo ano, dos livros *Fruta de conde*, de Rosário Fusco, e *Treze poemas*, de Martins Mendes, que se juntavam a outros dois títulos coletivos de poesia, produzidos em 1928 em sistema de "vaquinha literária": *Meia-Pataca*, de Guilhermino César e Francisco Inácio Peixoto, e *Poemas cronológicos*, de Rosário Fusco, Henrique de Resende e Ascânio Lopes, a publicação mais importante da "editora Verde".

Com todo esse furor e heroísmo, era natural que os nossos "ases" do interior de Minas fossem comparados aos klaxistas que haviam realizado a Semana de Arte Moderna. Em *Verde*, temos uma retomada do espírito vanguardista de 1922. Feita por "meninões" de maneira agressiva e extravagante – compondo um "folclore" do qual mais tarde alguns deles se envergonhariam –, a revista parece ter levado ao ápice a tendência à "infantilização" que comandou a atitude primitivista da década de 1920, traço presente na poesia Pau-Brasil, de Oswald de Andrade, em *Macunaíma*, nos contos de Alcântara Machado etc.

Segundo Henrique de Resende, o nome da publicação fora escolhido porque "*verde* quer dizer mocidade, e mocidade é insurreição".[3] Em entrevista, Guilhermino César acrescentou: verde "porque imaturo, que está em começo, juvenil. [...] engraçado, há uma predominância do 'verde' nas edições daquela época".[4] No primeiro depoimento, enfatiza-se o gosto pela destruição; já o segundo aponta como essência do grupo a imaturidade, que também poderia ser vista – e foi – como defeito, uma vez que havia tempos predominava entre os modernistas o ímpeto de construção e reflexão.

Combativa e irreverente, a "pequena *Klaxon*" também buscou o internacionalismo, congregando à sua volta não só os modernistas brasileiros, mas setores importantes da vanguarda latino-americana (Rosário Fusco travou contatos com os diretores de várias publicações, especialmente da Argentina, como *Sintesis*, *Criterio*, *Proa* e *Martín Fierro*). Ao

---

3 Henrique de Resende, op. cit., p. 100.

4 Apud Kátia Bueno Romanelli, *A revista* Verde*: contribuição para o estudo do modernismo brasileiro* (dissertação de mestrado). São Paulo: FFLCH/USP, 1981, p. 224.

mesmo tempo, a revista foi nacionalista ao extremo – "Pau--Brasil até a raiz dos cabelos", no dizer de Tristão de Athayde –, comportando-se também como herdeira de *Estética*, *A Revista* e *Terra roxa e outras terras*. Como todas elas, era um órgão aberto, não se limitando ao grupo de origem. Nesse papel, foi mais longe que as antecessoras.

Segundo Mário de Andrade, *Verde* "conseguiu um tempo centralizar e arregimentar o movimento moderno no Brasil, coisa que *A Revista* não conseguira". Enquanto uma "chamava às armas", a outra teria cumprido apenas a "função burguesa" de apresentar valores individuais.[5] Por fim, *Verde* era a prova definitiva da expansão e interiorização do movimento modernista, coincidindo com a sistematização de uma "cultura nacional" que, conforme diria Mário em outra ocasião, "exigiu da Inteligência estar ao par do que se passava nas numerosas Cataguases".[6]

Desde o tempo dos verdes, criou-se o costume de justificar o "fenômeno de Cataguases" pela prosperidade econômica da cidade, que havia sido o principal empório comercial da zona da mata mineira, na fase áurea do café, em fins do século XIX. A partir daí, teria havido um notável desenvolvimento urbano, com investimentos na indústria e em serviços modernos de comunicação e transporte. No entanto, o que atestam os testemunhos sobre a época, as fotografias e os próprios anúncios veiculados em *Verde* é o marasmo da "pequena cidade de mil almas", onde por milagre teria crescido "a flor maravilhosa do espírito moderno" (palavras de Henrique de Resende no editorial do primeiro número da revista).

Curiosamente, os argumentos em favor da modernidade de Cataguases convivem com os depoimentos a respeito da rejeição que os verdes sofreram por parte da "cidadinha" à qual haviam dado "realidade geográfica", conforme escreveu Mário de Andrade no já mencionado artigo do *Diário Nacional*. Ao que parece, o manifesto impresso em papel verde

---

5 Cf. Mário de Andrade, "Cataguases". In: *Táxi e crônicas no* Diário Nacional (Org. Telê Porto Ancona Lopez). São Paulo: Duas Cidades, 1976, p. 550.
6 Cf. Mário de Andrade, "O movimento modernista". In: *Aspectos da literatura brasileira*. São Paulo: Martins, 1974, p. 248.

HOMENAGEM

aos Homens que Agem

Tarsila não pinta mais
Com verde Paris
Pinta com Verde
Cataguazes

Os Andrades
Não escrevem mais
Com terra roxa
NÃO!
Escrevem
Com tinta Verde
Cataguazes

Brecheret
Não esculpe mais
Com plastilina
Modela o Brasil
Com barro Verde
Cataguazes

Villa Lobos
Não compõe mais
Com dissonancias
De estravinsquí
NUNCA!
Ele é a mina Verde
Cataguazes

Todos nós
Somos rapazes
Muito capazes
De ir ver de
Forde Verde
Os azes
De Cataguazes

Poema de MARIOSWALD

(do livro inedito "Oswaldario dos Andrades")

Texto publicado no número 4 da *Verde*, em dezembro de 1927

berrante, que aparece como extratexto no terceiro número do periódico, foi escrito como resposta às provocações de um certo Conselheiro B. B., publicadas no jornal *Cataguases*. Na edição final, dedicada a Ascânio Lopes, José Américo de Almeida, autor de *A bagaceira*, comenta o descaso em relação aos jovens modernistas: "Eu sonhei com vocês: todo o Brasil espiando pra Cataguases e Cataguases dando as costas a vocês. Cidade pequena é assim mesmo." Na verdade, os verdes não eram tão malvistos, como provam os anúncios da revista, indicando as boas relações que possuíam na cidade, e o aplauso discreto da imprensa local.

Outro mito diz respeito à reivindicação de independência, afirmada enfaticamente no manifesto do grupo: "Somos diferentes. Diversíssimos até. [...] Somos nós. Somos VERDES. [...] Acompanhamos São Paulo e Rio de Janeiro em todas as suas inovações e renovações estéticas, como em todas as artes belas, não fomos e nem somos influenciados por eles, como querem alguns. Não temos pais espirituais."

Das seis edições de *Verde*, quatro contêm editoriais. Mas a originalidade está longe das propostas, pois seus signatários, carentes ainda de estudos mais aprofundados, apenas reiteram as fórmulas que circulavam na década de 1920. Na apresentação do primeiro número, por exemplo, Henrique de Resende afirma, de modo genérico e redundante, que os verdes vinham pregar as "ideias novas da Nova-Arte". E na sequência resume os objetivos no lema "abrasileirar o Brasil", estando todos dispostos a "esquecer o francês" para abraçar o nacionalismo: "Hoje contamos o que é nosso com palavras nossas."

Logo se vê que havia, sim, um "guia espiritual" – ele mesmo, Mário de Andrade, que manteve enquanto durou a revista uma "amizade carteadeira" com seus criadores, especialmente Rosário Fusco, em quem o escritor paulista viu refletido sua própria sede de militância. Com exceção do primeiro, Mário esteve presente em todos os números de *Verde*, inclusive publicando, em novembro de 1927, um fragmento inédito de *Macunaíma*, que só viria a público dali a oito meses. Os auxílios foram variados: textos, sugestões, comentários sobre poemas, arranjo de colaborações, distribuição de exemplares e até ajuda financeira. Mário parecia realmente fazer parte do grupo: "Mas eu também me considero um bocado 'verdinho', vocês deixam?", disse em carta a Rosário Fusco.[7] "Mário batuta", "amigo velho" – agradeciam os moços de Cataguases, enquanto seguiam apaixonados cada uma das diretrizes do mestre.

Num ponto, apenas, pareciam mais próximos dos rapazes de Belo Horizonte: a busca de uma expressão regional do nacionalismo estético, o desejo de "construir o Brasil dentro do Brasil ou, se possível, Minas dentro de Minas", conforme as palavras de Martins de Almeida na apresentação do segundo número de *A Revista*. A exemplo dos outros periódicos, aqui também não se propunha um nacionalismo retumbante e ufanista, mas uma versão rebaixada ao mais rústico "localismo", espécie de brasileirismo menor em que cabiam também as sombras e as reminiscências da poética pós-simbolista.

---

7 Apud Plínio Doyle, op. cit., p. 123.

Se os editoriais e textos críticos às vezes soavam "futuristas" – fazendo enrubescer a cidadezinha, como se exprime em um dos editoriais –, a verdade logo despontava nas páginas que traziam os poemas dos verdes. Não o canto dos símbolos da modernidade, mas inúmeros cromos da infância e da província, poemas quase sempre despretensiosos, evocando ao modo *naïf* os "cafezais verdes", a "paz das coisas simples", a "sanfona dolente", o "domingo da fazenda". Versos pacatos como o córrego de Cataguases, que às vezes pareciam espontâneos demais, levando ao paroxismo o ideal modernista da simplicidade.

Na posição de "guia espiritual" – quase um coautor, diríamos –, Mário de Andrade se preocupou bastante com os destinos de *Verde*. Achava que a revista necessitava de boa prosa e de boa crítica, e que seus criadores, por serem ainda meninos, deveriam aplicar-se seriamente ao estudo teórico e ao domínio da construção poética. "Planta nova carece de espeque", costumava dizer.

Com os modernistas de Belo Horizonte, Mário reclamava da demora em editar livros. No caso de Cataguases, porém, pensava que a publicação apressada de coletâneas de poesia era menos importante que a luta pela manutenção da revista. Ao mesmo tempo, com a entrada em cena de outros periódicos, talvez julgasse que o órgão de Cataguases tinha cumprido sua missão. Em carta de junho de 1928 a Rosário Fusco, Mário foi contundente: "*Verde* é um fruto de ilusão, como *Klaxon*, como *A Revista*, como *Estética*. Vocês carecem principiar matutando na possibilidade de matar *Verde*".

É possível que o convívio com o grupo de Cataguases tenha dado a Mário de Andrade uma nova consciência da imaturidade do nosso Modernismo. Matar *Verde* significaria, então, sacrificar mais uma vez o espírito destrutivo e a confusão dos primeiros tempos do movimento. Mas as revistas vinham mostrando que não eram apenas trincheiras, e sim espaços importantes de debate e construção. As ilusões, portanto, renasceriam.

ANNO I NUM 2

FESTA

neste numero:

prosas de: andrade muricy, hamilton nogueira, adelino magalhães, tasso da silveira, barreto filho, wellington brandão, henrique abilio.

poemas de: gilka, abgar renault, lacerda pinto.

figura de: di cavalcanti.

rio de janeiro 1 - novembro - 1927

FESTA (1927-28; 1934-35) A VERTENTE ESPIRITUALISTA

Em 1926, recém-chegado de um tratamento de saúde na Europa e disposto a retomar sua atividade literária, Andrade Muricy publicou um romance denominado *A festa inquieta*. Por sugestão de Tasso da Silveira, *Festa* seria também o nome de um dos últimos periódicos literários a surgir na fase heroica do modernismo, simultaneamente ao aparecimento de *Verde*. Tal como a revista de Cataguases, *Festa* se definia como uma publicação "de novos" e também "de grupo". A exemplo de *Klaxon*, estava interessada em criar barulho, ainda que tudo isso destoasse do sóbrio perfil de seus fundadores.

Nascidos em Curitiba, no mesmo ano de 1895, Tasso da Silveira e Andrade Muricy faziam parte de uma roda literária que se reunia quase todos os dias no Café Gaúcho, no Rio de Janeiro, perto da livraria que pertencia a Jackson de Figueiredo, fundador do Centro Dom Vital e da revista católica *A Ordem*. Atento à gravidade dos moços, e às imagens sombrias da tradição simbolista que eles preservavam, o crítico Wilson Martins chamou a revista de "uma festa mal-humorada".[1] Para quem passeia por suas páginas, a acusação parece injusta, a menos que o espírito polêmico seja tomado como sinônimo de cara feia. Em versão serena, mas não melancólica, a alegria dos verdes e dos klaxistas também está presente na revista carioca.

Festa teve, como *Verde*, duas fases, separadas por um longo período de seis anos: a primeira em 1927 e 1928, a segunda em 1934 e 1935. Sua criação foi planejada em reuniões na casa de Cecília Meireles e do artista plástico português Fernando Correia Dias, como esclarecem os depoimentos prestados por Andrade Muricy e o poeta Murilo Araújo, que também integrou o grupo.[2]

O dado é relevante e convém frisá-lo, pois a autora do *Romanceiro da Inconfidência* já foi indevidamente associada apenas à segunda fase da revista. Embora seu nome não constasse do rol de diretores (inicialmente chamados de "proprietários"), Cecília Meireles foi responsável, entre os poetas, pelo maior volume de colaborações, tendo aparecido desde o primeiro número, no qual publicou uma suíte de seis poemas. Versátil, chegou a produzir também um desenho, que serviu de ilustração para versos de Cruz e Sousa.

Entre os equívocos que se formaram em torno da revista, há outro bastante significativo que diz respeito a datas. Em mais de uma ocasião já se disse que o único periódico literário de orientação modernista no ano de 1927 foi o de Cataguases, lançado em setembro, sem levar em conta que *Festa* apareceu logo no mês seguinte, em 1° de outubro. A informação só estaria correta se a revista carioca não pudesse ser incluída na construção coletiva do Modernismo, de que efetivamente participou, embora tenha recusado os "cacoetes" de 1922 (dos quais, aliás, praticamente todos àquela altura já estavam querendo se distanciar).

A princípio, *Festa* circulou de outubro de 1927 a setembro de 1928, respeitando rigorosamente a periodicidade

---

1 Cf. Wilson Martins, *A literatura brasileira: o modernismo*. São Paulo: Cultrix, 1969, p. 103.

2 Cf. Neusa Pinsard Caccese, Festa: *contribuição para o estudo do modernismo*. São Paulo: IEB/USP, 1971, p. 229 e 240.

mensal. Havia um mecenas, o médico e empresário paranaense Moisés Marcondes de Oliveira e Sá, que logo, porém, viria a falecer, o que deve ter contribuído para abreviar a duração da revista. Nessa primeira fase foram experimentados dois formatos, primeiro com dezesseis páginas, depois com 24. Além da escolha de tipos gráficos modernos para o título, grafado em caixa-alta, uma inovação que chamou atenção na época foi o uso de letras minúsculas em todos os textos, inclusive nos nomes próprios – traços que não se mantiveram nos nove números da segunda fase, mais sóbria, que se estendeu de julho de 1934 a agosto de 1935.

Mais ilustrada do que suas congêneres, *Festa* trazia, além dos desenhos da parte publicitária, vinhetas no encerramento de alguns artigos e bicos de pena retratando os autores focalizados. Na primeira fase, publicou ainda um desenho feito por Di Cavalcanti, e na segunda, obras de autoria de Fernando Correia Dias, Ismael Nery, Cecília Meireles e Manuel Santiago, entre outros – criações de tendência espiritualista, mas também representações de paisagens brasileiras.

A matéria da revista, a exemplo das anteriores, é composta de artigos, resenhas, notas e comentários. Além dos assuntos literários e artísticos (incluindo música, artes plásticas e cinema), nota-se uma acentuada tendência para a discussão de problemas filosóficos e espirituais.

Nas páginas de criação literária, predomina a poesia, sendo que, na primeira fase, quase todas as composições são assinadas pelos membros do "grupo de *Festa*", como costumavam se autodenominar. Mas também havia espaço para outros poetas, como Carlos Drummond de Andrade, Jorge de Lima e Augusto Meyer – leque bastante ampliado na segunda fase, menos combativa, da revista.

Chama a atenção a presença de autores hispano-americanos, como Oliverio Girondo, Juan Ramón Heredia, Vicente Huidobro, Pablo Neruda, Jules Supervielle e vários outros. O internacionalismo – agora transformado em persistente intercâmbio, sobretudo com os países da América Latina – foi outro ponto que a revista tinha em comum com as

Cecília Meireles

antecessoras *Klaxon* e *Verde*, em contraposição ao trio formado por *Estética*, *A Revista* e *Terra roxa*.

Festa não publicou manifestos ou textos coletivos, mas o primeiro número da revista se abre com um poema de Tasso da Silveira que contém, em linhas gerais, os propósitos do grupo. Sem ignorar os problemas do mundo moderno – "Nós temos uma visão clara desta hora", escreve Tasso da Silveira –, a revista afirma uma posição alegre e otimista, acreditando na redescoberta da vida, para além do materialismo que considerava reinante. Ao artista se atribui uma missão transcendente e integradora: "O artista conta agora a realidade total: / a do corpo e a do espírito, / da natureza e a do sonho, / a do homem e a de Deus...".

Embora considere ultrapassados o "desconsolo romântico", o "estéril ceticismo parnasiano" e a "angústia das incertezas simbolistas", o espírito polêmico de *Festa* não se volta contra a tradição literária (o Simbolismo, precisamente, será sua principal referência), mas contra a atitude destruidora dos outros modernistas – atitude que, desde *Klaxon*, como vimos, os próprios integrantes do movimento vinham procurando superar e relativizar.

Em outro texto, intitulado "Renovação", Tasso da Silveira comenta um artigo de Tristão de Athayde, que havia dividido a moderna arte brasileira em duas linhas – representadas por Graça Aranha e pelo "primitivismo" dos paulistas –, identificando a falta de uma terceira corrente, reputada como fundamental, que se norteasse por uma "mística criadora". Em seu comentário, Tasso da Silveira argumenta que, por valorizar os ideais do espiritualismo, *Festa* já encarnava essa outra tendência. Tristão de Athayde escreverá, então, um novo artigo, republicado na revista, acrescentando que, embora tenha sido "o último que apareceu na arena", o grupo possuía uma história anterior às outras vertentes do Modernismo, sendo "aquele que mais conscientemente se enraíza na tradição de nossas letras".

Desejando não ser visto apenas como Simbolismo tardio, o grupo de *Festa* se apresenta como o "único modernismo verdadeiramente expressivo do espírito brasileiro". Nessa defesa do elo com o passado, notam-se claramente duas intenções: de um lado, enfatizar o caráter brasileiro das manifestações do Simbolismo; de outro, reivindicar um papel maior e pioneiro no processo de renovação da arte brasileira.

De acordo com Andrade Muricy, *Festa* reconhecia como justificada a ruptura promovida pelos modernistas de São Paulo, mas julgava necessário ir além das piadas e do "puro clownesco" daquele momento.[3] Nas resenhas de obras contemporâneas, os colaboradores da revista aceitam invenções rítmicas ou a tentativa de fixar o "efêmero interessante" da vida moderna, mas consideram que a modernidade não se confunde com o "marinettismo ultra-ortodoxo" ou, na outra ponta, com os exageros do primitivismo, procurando regressar à "estaca zero", e menos ainda com a eliminação da subjetividade na linha proposta por Graça Aranha.

Ciosos de sua autonomia, os poetas do grupo serão considerados marginais em relação às vozes centrais do

3 Cf. Neusa Pinsard Caccese, op. cit., p. 227.

Modernismo. Para caracterizá-los, serão usadas expressões como "antimodernismo" ou "modernismo de reação", tendências que eles representariam ao lado de outra facção formada na década de 1920, inteiramente distinta de *Festa*, mas que também polemizou com os realizadores da Semana de Arte Moderna. Liderado por Gilberto Freyre, o Movimento Regionalista do Nordeste tachava o Futurismo paulistano de cabotino, desonesto e irresponsável, batendo-se pela defesa de valores regionais e tradicionais. Num ensaio famoso, Gilda de Mello e Souza mostra como, a despeito de suas notórias diferenças, havia um cruzamento entre os caminhos de Mário de Andrade e do autor de *Casa grande & senzala*.[4]

No caso de *Festa*, convém lembrar que suas inovações, gráficas inclusive, também pareceram exageradas aos olhos de críticos mais velhos como Nestor Vítor, que no entanto era amigo dos integrantes do grupo e sempre cobrava deles uma atuação mais agressiva. Em artigo publicado na própria revista, Mário de Andrade afirmou que, sem a ação pioneira dos modernistas de São Paulo, *Festa* teria despertado as mesmas reações de desagrado que *Klaxon* provocou. No mesmo texto, considerou o aparecimento do órgão carioca como uma necessidade de expressão de "um grupo de literatos no Brasil, que vai passando por demais na sombra". Mas disse que não cabia a seu grupo a responsabilidade pelo fato de, "no meio da bulha do século", aqueles discretos escritores terem passado despercebidos.

Ocorre que, à vista não somente dos textos publicados em *Festa*, mas também do que se passou desde *Klaxon* na história dos periódicos modernistas, podemos dizer que não eram assim tão conflitantes as linhas correspondentes ao "primitivismo" paulista e ao pós-simbolismo carioca. A circulação de escritores ligados às duas tendências pelo conjunto de agremiações já é uma mostra das boas relações que mantiveram.

4 Cf. Gilda de Mello e Souza, "O mestre de Apipucos e o turista aprendiz". In: *A ideia e o figurado*. São Paulo: Duas Cidades/Editora 34, 2005, p. 49-70.

De acordo com Mário da Silva Brito, os valores do Simbolismo – com sua prática do verso livre e a abertura ao cotidiano, em contraste com a forma e os temas olímpicos do Parnasianismo – foram respeitados pelos modernistas.[5] A mesma observação já tinha sido feita por João Alphonsus, membro atuante do grupo de Belo Horizonte e filho do simbolista Alphonsus de Guimaraens, que era objeto de culto entre os modernistas de São Paulo, Rio e, sobretudo, Minas:

> Na verdade, muitos modernistas vinham enternecidamente da poesia simbolista, como Ribeiro Couto, a quem se chamou de penumbrista, com os seus doces poemas subjetivos. Como Manuel Bandeira, querendo compor, como Schumann, "um carnaval todo subjetivo". Havia somente uma reação de fachada contra essa poesia individual e bem nossa, essência de muito verso de hoje, do lirismo de todos os tempos.[6]

Com efeito, antes de se ligar ao grupo que realizou a Semana de Arte Moderna, Manuel Bandeira foi um dos principais representantes no Brasil do veio crepuscular ou penumbrista. Depois seria chamado pelos companheiros de "São João Batista do Modernismo". Para os integrantes de *Festa*, estava claro que as diversas modalidades da arte moderna tinham em comum a derivação do Simbolismo.

Até mesmo os criadores de *Klaxon*, embora reagissem contra o "decadentismo" da lírica penumbrista, tão destoante do clima revolucionário de 1922, tinham consciência do caráter pioneiro do Simbolismo. No quarto número da revista, com notável distanciamento, Rubens Borba de Moraes escreve: "Foram os simbolistas que compreenderam que a humanidade também progride, que as ideias também se movem". A poetas como Rimbaud, diz o articulista, se devem "todas as conquistas da literatura contemporânea".

No Brasil, enquanto o Parnasianismo se tornou moda, com muitos seguidores, o Simbolismo não teve a mesma

5 Cf. Mário da Silva Brito, *História do Modernismo brasileiro: antecedentes da Semana de Arte Moderna*. Rio de Janeiro: Civilização Brasileira, 1978, p. 209.
6 João Alphonsus, "À deriva". In: Edgard Cavalheiro, *Testamento de uma geração*. Porto Alegre: Livraria do Globo, 1944, p. 157.

f e s t a

Mensario de Pensamento e de Arte

Redacção e Administração
RUA MARANGUAPE, 17 (Lapa)
Telephones: Central 4967 - 1281
RIO DE JANEIRO

ASSINATURAS:

12 numeros	8$000
Numero avulso	800
» atrasado	1$500

ANNUNCIOS:

1 pagina (capa)	300$000
1 » (texto)	180$000
1/2 »	100$000
1/4	60$000
1/8	35$000
1/16	20$000

* * *

Proprietarios:

Lacerda Pinto, Adelino Magalhães, Barreto Filho, Brasilio Itiberê, Tasso da Silveira, Abgar Renault, Wellington Brandão, Andrade Muricy, Henrique Abilio e Porphyrio Soares Netto.

repercussão. Entretanto, não foi apenas em *Festa* que ele ressurgiu. Se o movimento modernista havia sepultado a linguagem parnasiana, o mesmo não ocorreu com a poética simbolista, que ficou ecoando nos vários grupos e revistas da década de 1920, ainda que de maneira discreta.

Do modernismo de Minas, por exemplo, além de João Alphonsus, haviam saído pelo menos dois cultores dessa linhagem: Emílio Moura e Abgar Renault, que em seguida faria parte também da equipe de *Festa*. No Rio de Janeiro, outra prova da contaminação entre os dois universos pode ser buscada em Vinicius de Moraes que, ligado inicialmente à corrente neossimbolista, acabaria se tornando o poeta mais popular da linhagem modernista.

Para avaliar a contribuição de *Festa* ao Modernismo brasileiro, é preciso ainda levar em conta as posições do grupo em relação ao nacionalismo. Como a ênfase recaiu sempre sobre o que salta aos olhos, isto é, os traços espiritualistas e universalistas, tem passado quase despercebida a preocupação com o Brasil e a construção de uma arte nacional, que é recorrente nas páginas da revista.

A despeito de criticar os exageros do primitivismo e a repetição da temática brasileira na década de 1920 – algo que o próprio Mário de Andrade, a certa altura, passou a desprezar como "brasileirismo de estandarte" –, o grupo carioca considerava fundamental a "brasilidade" de uma obra. Acompanhando o raciocínio de Mário, diziam os integrantes de *Festa* que a contribuição particular do país à cultura universal só seria possível quando o Brasil descobrisse a si mesmo e se tornasse consciente de sua própria realidade.

Nas páginas dedicadas à crítica musical, esse aspecto fica ainda mais evidente. Os compositores mais elogiados são justamente os que salientam a brasilidade em suas obras, como Lorenzo Fernandes, que musicou poemas de Jorge de Lima, Mário de Andrade e Manuel Bandeira, entre outros, e Ernesto Nazareth, valorizado por sua espontaneidade e sua "real proximidade da inspiração racial".

Heitor Villa-Lobos é celebrado como nosso "primeiro criador em verdade autóctone", em cujas obras se podia

Expediente do número 11 de *Festa*, agosto de 1928

ouvir "uma voz diferente no mundo", uma musicalidade forte e selvagem, resultante de uma "formidável elaboração étnica". A respeito de Camargo Guarnieri, Andrade Muricy observa que se trata de "um dos cinco ou seis compositores que verdadeiramente interessam ao Brasil novo, para o qual só podem valer os esforços pela sondagem da nossa autêntica alma musical", visando atingir a universalidade "através, ou melhor, partindo do nacional".

Não é de se estranhar, portanto, que a estreia em 1928 de um importante poeta ligado ao grupo, Augusto Frederico Schmidt – que teria, a partir da década seguinte, forte influência em nossa poesia –, ocorresse justamente com um livro intitulado *Canto do brasileiro*. "Não quero mais o amor, / nem quero mais cantar a minha terra. / Me perco neste mundo", dizem os versos iniciais do contraditório poema de Schmidt, que Mário de Andrade definiu com a expressão "internacionalismo nacional". O rótulo calhava, na verdade, para todo aquele conjunto de poetas. Com a estética simbolista, não buscavam eles um "produto de importação", mas algo que, aos olhos do grupo, fazia parte de nossa tradição literária e da própria "alma brasileira".

Em suma, ao postular não só a modernidade, mas também a brasilidade do Simbolismo, a revista carioca promoveu uma "reação" pautada essencialmente pelos mesmos valores do Modernismo. À distância, podemos reconhecer sem dificuldade que nem a vanguarda de 1922 era avessa ao Simbolismo, nem o espiritualismo de *Festa* era antimodernista.

Detalhe da capa de
Festa

ANNO I - NUMERO I 500 rs. MAIO - 1928

Revista de Antropofagia

Direção de ANTONIO DE ALCANTARA MACHADO Gerencia de RAUL BOPP

ENDEREÇO: 13, RUA BENJAMIN CONSTANT — 3.º PAV. SALA 7 — CAIXA POSTAL N.º 1.269 — SÃO PAULO

ABRE-ALAS

Nós eramos xifópagos. Quási chegamos a ser deródimos. Hoje somos antropófagos. E foi assim que chegamos á perfeição.

Cada qual com o seu tronco mas ligados pelo fígado (o que quer dizer pelo ódio) marchávamos numa só direcção. Depois houve uma revolta. E para fazer essa revolta nos unimos ainda mais. Então formamos um só tronco. Depois o estouro: cada um de seu lado. Viramos canibais.

Aí descobrimos que nunca havíamos sido outra cousa. A geração actual coçou-se: apareceu o antropófago. O antropófago: nosso pai, principio de tudo.

Não o índio. O indianismo é para nós um prato de muita sustância. Como qualquer outra escola ou movimento. De ontem, de hoje e de amanhã. Daqui e de fora. O antropófago come o indio e come o chamado civilizado: só êle fica lambendo os dedos. Pronto para engulir os irmãos.

Assim a experiência moderna (antes: contra os outros; depois: contra os outros e contra nós mesmos) acabou despertando em cada conviva o apetite de meter o garfo no vizinho. Já começou a cordeal mastigação.

Aqui se processará a mortandade (êsse carnaval). Todas as oposições se enfrentarão. Até 1923 havia aliados que eram inimigos. Hoje há inimigos que são aliados. A diferença é enorme. Milagres do canibalismo.

No fim sobrará um Hans Staden. Êsse Hans Staden contará aquillo de que escapou e com os dados dêle se fará a arte próxima futura.

E' pois aconselhando as maiores precauções que eu apresento ao gentio da terra e de todas as terras a libérrima REVISTA DE ANTROPOFAGIA.

E arreganho a dentuça.

Gente: pode ir pondo o cauim a ferver.

António de Alcântara Machado.

MANHÃ

O jardim estava em rosa, ao pé do Sol
E o ventinho de mato que viera do Jaraguá
Deixando por tudo uma presença de agua
Banzava gosado na manhã praceana.

Tudo limpo que nem toada de flauta.
A gente si quizesse beijava o chão sem formiga,
A bocca roçava mesmo na paisagem de cristal.

Um silêncio nortista, muito claro!
As sombras se agarrando no folhedo das árvores
Talqualmente preguiças pesadas.
O Sol sentava nos bancos, tomando banho-de-luz.

Tinha um sossêgo tão antigo no jardim,
Uma fresca tão de mão lavada com limão
Era tão marupiara e descansante
Que desejei... Mulher não desejei não, desejei...
Si eu tivesse a meu lado ali passeando
Suponhamos, Lenine, Carlos Prestes, Gandhi, um desses!...

Na doçura da manhã quasi acabada
Eu lhes falava cordialmente:--Se abanquem um bocadinho
E havia de contar pra êles os nomes dos nossos peixes
Ou descrevia Ouro Preto, a entrada de Vitoria, Marajó,
Coisa assim que puzesse um disfarce de festa
No pensamento dessas tempestades de homens.

MARIO DE ANDRADE

"Ali vem a nossa comida pulando"

(V. Hans Staden - Cap. 28)

REVISTA DE ANTROPOFAGIA (1928; 1929) BÁRBARO E NOSSO

Para o leitor dos periódicos literários da década de 1920, um fato que chama a atenção, em contraste com a onipresença de Mário de Andrade, é a participação discreta que neles veio a ter Oswald de Andrade, o escritor mais inquieto, polêmico e espalhafatoso entre todos que empreenderam o movimento modernista.

Em *Klaxon* ele figura como um dos colaboradores, publicando intervenções críticas e um fragmento do romance inédito *A estrela de absinto*, além de ter sua prosa cinematográfica analisada e defendida por A. C. Couto de Barros. A revista *Estética* resenha o romance *Memórias sentimentais de João Miramar*, mas não traz nenhuma produção oswaldiana e nem faz referência ao "Manifesto Pau-Brasil" ou ao livro homônimo, lançados no mesmo ano de 1924.

Em *A Revista*, Oswald de Andrade é assunto de uma resenha de Emílio Moura sobre *Memórias sentimentais de João Miramar*, mas não publica textos. *Terra roxa* e *Verde* trazem fragmentos do romance *Serafim Ponte Grande*, que Oswald escreveu entre 1924 e 1929. Para o periódico paulista, ele chegou a enviar também cartas e bilhetes da Europa, intervindo numa polêmica travada com Monteiro Lobato. Já o de Cataguases, mesmo contando com sua simpatia, dele obteve apenas uma segunda colaboração, o poema "Homenagem aos homens que agem", escrito em parceria com Mário de Andrade. E em *Festa*, como era de esperar, ele não encontraria espaço para qualquer participação.

Criador de manifestos, intelectual combativo com atuação marcante na imprensa desde os tempos do semanário *O Pirralho*, fundado por ele em 1911, e especialmente na fase preparatória da Semana de Arte Moderna, Oswald de Andrade atuou bem menos nas revistas que outras grandes figuras do modernismo de 1922, como Mário de Andrade, Manuel Bandeira, Drummond – ou mesmo Graça Aranha, Ronald de Carvalho e Guilherme de Almeida, da ala conservadora.

As seguidas viagens que o escritor fez à Europa (nos anos de 1923, 1925 e 1926) certamente contribuíram para a ausência. Entretanto, podemos levantar também a hipótese de que seu temperamento corrosivo e *blagueur* – segundo ele, a fábula do sujeito piadista é que seria responsável pela "cortina de silêncio" imposta às inovações da estética Pau-Brasil – não se adequasse espontaneamente aos espaços cautelosos de "prosa raciocinadora" em que se haviam transformado as revistas. Em outras palavras, é como se a presença enorme de Oswald de Andrade não coubesse nos limites daquela conciliação e precisasse de um instrumento próprio, moldado de acordo com seu estilo bombástico e ímpeto radicalizador. A irrupção dessa força, que parecia mesmo represada, ocorreria apenas no final da década, com a criação da *Revista de Antropofagia*.

Em seu primeiro número, numa "nota insistente" incluída no final da última página, a revista se coloca acima de todos os grupos, mas aberta a todos os manifestos: "A 'Revista de Antropofagia' não tem orientação ou pensamento de espécie alguma: só tem estômago". A exemplo de *Festa*, porém, o periódico surgido em São Paulo assumiu posição polêmica em relação ao movimento a que pertencia. Se a revista carioca dava por superada a ruptura promovida em

1922, deplorando a repetição de procedimentos que considerava excessivos, a ambição de Oswald de Andrade foi justamente a de radicalizar aquelas conquistas.

Seria mera coincidência o fato de ter ocorrido nas páginas da *Revista de Antropofagia* a primeira publicação do célebre poema "No meio do caminho", de Carlos Drummond de Andrade, considerado a peça mais escandalosa do Modernismo?

De acordo com Maria Eugenia Boaventura, a antropofagia "afasta-se do espírito ingenuamente brincalhão do primeiro momento do Modernismo e se insere na categoria da vanguarda".[1] Enquanto as outras publicações se ocupavam em reiterar e difundir as propostas de um modernismo em processo de estagnação, a revista oswaldiana se encarregou de reintroduzir a destruição e o dissenso, elementos indissociáveis da posição de vanguarda que em 1928 se buscou restaurar, num plano de máxima tensão.

Para tanto foi necessário proceder a uma revisão sem meias palavras do modernismo – realizada pela *Revista de Antropofagia* em termos parecidos, aliás, com os do balanço autodestrutivo que seria apresentado mais tarde por Mário de Andrade, na conferência de 1942. O movimento "não compreendeu nosso caso, não teve coragem de enfrentar os nossos problemas, ficou no acidental, no acessório, limitou-se a uma simples renovação estética", conforme as palavras de um texto pertencente à série denominada "moquéns", da segunda fase da revista. O Modernismo tinha sido, pois, uma enorme ausência, e sobretudo uma "ausência do Brasil", conclui o texto, como se o Brasil buscado até então pelos modernistas fosse um país de fantasia ou país de brinquedo. Passada essa fase de transição e "noivado", no dizer de Oswald, surgia agora o momento das brigas e das "dentaduras".

A explosão, a princípio, foi contida. Em sua primeira fase, ou "primeira dentição" como diziam os redatores, a *Revista de Antropofagia* circulou de maio de 1928 até fevereiro de

1 Maria Eugenia Boaventura, *A vanguarda antropofágica*. São Paulo: Ática, 1985, p. 5.

1929, com formato simples e tiragem limitada, sob a direção de Antônio de Alcântara Machado e gerência de Raul Bopp. Distribuídos apenas entre artistas e escritores, foram impressos dez números, com colaborações de diversas partes do país, exatamente como nos periódicos anteriores. Em carta enviada ao pernambucano Joaquim Inojosa no ano seguinte, Raul Bopp diria que essa fase inicial "não tinha significação alguma", pois o periódico fora um "simples boletim modernista".[2]

Inteiramente distinta foi a "segunda dentição", que se estendeu de março a agosto de 1929. Embora praticamente não tenha havido interrupção entre as duas fases, a *Revista de Antropofagia* sofreu diversas mudanças, a começar pelo corpo editorial, limitado agora a Oswald de Andrade, Raul Bopp e Oswaldo Costa, com a direção entregue a Geraldo Ferraz.

O periódico passou a circular nas páginas do *Diário de São Paulo*, ampliando-se forçosamente o número de leitores, a quem se buscava explicar e esclarecer a respeito do programa antropofágico, apresentado sempre de modo incisivo. Ao mesmo tempo, eram ridicularizados não só os escritores tradicionais e de alto prestígio, mas também os ex-companheiros do movimento modernista, a derrisão e a blasfêmia girando como metralhadora apontada em todas as direções. À vista de tamanha irreverência, os assinantes ficaram irritados e cresciam as devoluções de jornais, numa prova de que a Antropofagia, como disse Geraldo Ferraz, era "completamente imprópria para entrar nos lares".[3]

Enquanto a segunda fase de *Festa* foi marcada pela continuidade e pela diluição, o que determinou a existência da segunda fase da *Revista de Antropofagia* foi justamente a necessidade de radicalização. Em todas as páginas, porém, seja no material de caráter didático, seja na mencionada série de "moquéns" que agitava os arraiais modernistas, o

O "antropófago"
Oswald de Andrade

2 Apud Eduardo Jardim de Moraes, *A brasilidade modernista: sua dimensão filosófica*. Rio de Janeiro: Edições Graal, 1978, p. 154.

3 Apud Maria Eugenia Boaventura, op. cit., p. 55. Cf. também Raul Bopp, *Vida e morte da antropofagia*. Rio de Janeiro: Civilização Brasileira, 1977, p. 44.

que se revela é a retomada e o desdobramento das ideias contidas no "Manifesto Antropófago", um dos documentos fundamentais do Modernismo brasileiro e da história das vanguardas, escrito por Oswald de Andrade e publicado em 1° de maio de 1928 no primeiro número da revista, tendo como ilustração o desenho do quadro "Abaporu", de Tarsila do Amaral, que lhe servira de inspiração.

A Antropofagia foi o corolário de uma descoberta iniciada alguns anos antes não dentro, mas fora do Brasil, tal como no tempo dos poetas românticos. No prefácio da coletânea *Pau-Brasil* (1925), Paulo Prado escreve: "Oswald de Andrade, numa viagem a Paris, do alto de um atelier da Place Clichy – umbigo do mundo – descobriu, deslumbrado, a sua própria terra."[4]

O mediador de tal revelação foi um representante da vanguarda europeia, como comprovam uma referência significativa feita no "Manifesto Pau-Brasil" e a dedicatória que consta da edição original do livro de poemas – "A Blaise Cendrars por ocasião da descoberta do Brasil". A viagem às cidades históricas mineiras, realizada em 1924 na companhia do poeta franco-suíço, viria confirmar a existência de tesouros a serem desenterrados.

Oswald de Andrade não descobriu na França apenas a beleza primitiva do Brasil, da qual já tinha, é claro, consciência, mas o fato novo de que "o tambor negro" e o "canto indígena", no ambiente europeu daquela época, se encontravam em "plena modernidade", conforme exprimiu em conferência feita em 1923 na Sorbonne.

Ao sintetizar a fórmula "bárbaro e nosso", central em seu primeiro manifesto, reivindica para o Brasil não só a "originalidade nativa", mas uma modernidade, por assim dizer, mais autêntica, já que não se confundia com o primitivismo exótico dos europeus. O bárbaro, ou melhor, o moderno, se convertia dessa maneira em atributo natural de nossa cultura – tesouro que serviria não apenas para consumo interno, mas

---

4 Paulo Prado, "Poesia Pau-Brasil". In: Oswald de Andrade, *Poesias reunidas*. Rio de Janeiro: Civilização Brasileira, 1972, p. 5.

como produto de exportação, a exemplo da primeira riqueza nacional exportada, o Pau-Brasil.

Para Oswald de Andrade, mais importante que a descoberta do Brasil deve ter sido a descoberta do caráter moderno do nosso nacionalismo, que depois de parecer nos distanciar da modernidade europeia desenraizada, agora se mostrava atualizado e revigorado, pois coincidia com o primitivismo perseguido pelas vanguardas.[5]

Como já se observou, os manifestos oswaldianos significam uma atualização e, ao mesmo tempo, uma libertação em relação às vanguardas europeias. Num salto monumental, nossa modernidade deixaria de ser atrasada e periférica para se tornar uma espécie de fonte da modernidade internacional, a revolução por excelência – "maior que a revolução francesa", dirá depois o "Manifesto Antropófago" –, numa palavra, a matriz de todas as revoluções.

O Brasil – primeiro a árvore, depois o índio – é a metáfora de base dos dois manifestos, reiterando-se aquela presença cuja falta Oswald de Andrade apontava nas hostes modernistas. Seu primitivismo não se confundia, porém, com uma mera reposição do indianismo romântico. A rigor nem se tratava de indianismo, pois o que se pretendia era enriquecer o estado natural em que vivia o homem pré-cabralino com os progressos da técnica moderna e os elementos da cultura estrangeira, que seriam devorados, absorvidos e transformados de acordo com o crivo e o roteiro dados pelo Brasil.

Na segunda fase da *Revista de Antropofagia*, desdobram-se os termos do manifesto de 1928, com a explicação e a veemente defesa desse esforço de descolonização, de revisão cultural do Brasil. A certa altura Oswald escreve: "Todas as nossas reformas, todas as nossas reações costumam ser feitas dentro do bonde da civilização importada. Precisamos saltar do bonde, precisamos queimar o bonde."

Em 1929, a partir de sua reformulação, a *Revista de Antropofagia* se torna muito distinta das outras publicações

5 Cf. Antonio Candido, "Literatura e cultura de 1900 a 1945". In: *Literatura e sociedade*. São Paulo: Companhia Editora Nacional, 1976, p. 120-121.

MANIFESTO ANTROPOFAGO

Só a antropofagia nos une. Socialmente. Economicamente. Philosophicamente.

Unica lei do mundo. Expressão mascarada de todos os individualismos, de todos os collectivismo. De todas as religiões. De todos os tratados de paz.

Tupy, or not tupy that is the question.

Contra toda as cathecheses. E contra a mãe dos Gracchos.

Só me interessa o que não é meu. Lei do homem. Lei do antropofago.

Estamos fatigados de todos os maridos catholicos suspeitosos postos em drama. Freud acabou com o enigma mulher e com outros sustos da psychologia impressa.

O que atropelava a verdade era a roupa, o impermeavel entre o mundo interior e o mundo exterior. A reacção contra o homem vestido. O cinema americano informará.

Filhos do sol, mãe dos viventes. Encontrados e amados ferozmente, com toda a hypocrisia da saudade, pelos immigrados, pelos traficados e pelos touristes. No paiz da cobra grande.

Foi porque nunca tivemos grammaticas, nem collecções de velhos vegetaes. E nunca soubemos o que era urbano, suburbano, fronteiriço e continental. Preguiçosos no mappa mundi do Brasil.

Uma consciencia participante, uma rythmica religiosa.

Contra todos os importadores de consciencia enlatada. A existencia palpavel da vida. E a mentalidade prelogica para o Sr. Levy Bruhl estudar.

Queremos a revolução Carahiba. Maior que a revolução Franceza. A unificação de todas as revoltas efficazes na direcção do homem. Sem nós a Europa não teria siquer a sua pobre declaração dos direitos do homem.

A edade de ouro annunciada pela America. A edade de ouro. E todas as girls.

Filiação. O contacto com o Brasil Carahiba. **Oú Villeganhon print terre.** Montaigne. O homem natural. Rousseau. Da Revolução Franceza ao Romantismo, á Revolução Bolchevista, á Revolução surrealista e ao barbaro technizado de Keyserling. Caminhamos.

Nunca fomos cathechisados. Vivemos atravez de um direito sonambulo. Fizemos Christo nascer na Bahia. Ou em Belem do Pará.

Mas nunca admittimos o nascimento da logica entre nós.

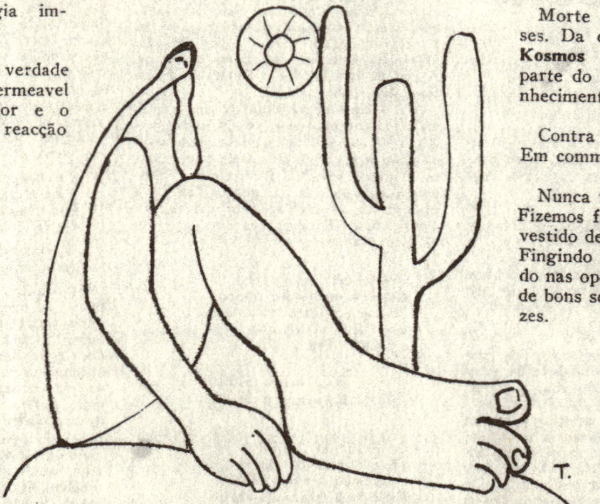

Desenho de Tarcila 1928 – De um quadrc que figurará na sua proxima exposição de Junho na galeria Percier, em Paris.

Contra o Padre Vieira. Autor do nosso primeiro emprestimo, para ganhar commissão. O rei analphabeto dissera-lhe: ponha isso no papel mas sem muita labia. Fez-se o emprestimo. Gravou-se o assucar brasileiro. Vieira deixou o dinheiro em Portugal e nos trouxe a labia,

O espirito recusa-se a conceber o espirito sem corpo. O antropomorfismo. Necessidade da vaccina antropofagica. Para o equilibrio contra as religiões de meridiano. E as inquisições exteriores.

Só podemos attender ao mundo orecular.

Tinhamos a justiça codificação da vingança A sciencia codificação da Magia. Antropofagia. A transformação permanente do Tabú em totem.

Contra o mundo reversivel e as idéas objectivadas. Cadaverizadas. O stop do pensamento que é dynamico. O individuo victima do systema. Fonte das injustiças classicas. Das injustiças romanticas. E o esquecimento das conquistas interiores.

Roteiros. Roteiros. Roteiros. Roteiros. Roteiros. Roteiros. Roteiros.

O instincto Carahiba.

Morte e vida das hypotheses. Da equação **eu** parte do **Kosmos** ao axioma **Kosmos** parte do **eu.** Subsistencia. Conhecimento. Antropofagia.

Contra as elites vegetaes. Em communicação com o sólo.

Nunca fomos cathechisados. Fizemos foi Carnaval. O indio vestido de senador do Imperio. Fingindo de Pitt. Ou figurando nas operas de Alencar cheio de bons sentimentos portuguezes.

Já tinhamos o communismo. Já tinhamos a lingua surrealista. A edade de ouro.
Catiti Catiti
Imara Notiá
Notiá Imara
Ipejú

A magia e a vida. Tinhamos a relação e a distribuição dos bens physicos, dos bens moraes, dos bens dignarios. E sabiamos transpor o mysterio e a morte com o auxilio de algumas formas grammaticaes.

Perguntei a um homem o que era o Direito. Elle me respondeu que era a garantia do exercicio da possibilidade. Esse homem chamava-se Galli Mathias. Comi-o

Só não ha determinismo - onde ha misterio. Mas que temos nós com isso?

modernistas, inclusive de si própria em sua primeira fase. As diferenças se devem à descaracterização do formato dos periódicos literários, com a substituição das tradicionais resenhas e dos comentários sobre lançamentos pela discussão teórica de tópicos que vão além da literatura, como a filosofia, a religião e a história.

Dentro do espírito das manifestações de vanguarda, os textos da *Revista de Antropofagia* tendem à negação de todas as regras. O leitor não sabe se está diante de um programa ou de uma peça literária. A linguagem desrespeita a seriedade esperada dos jornais e não serve apenas à argumentação – aliás, a lógica, a gramática e a ciência são consideradas formas de "consciência enlatada" –, mas à criação de efeitos de humor. Para isso se mobiliza uma série de recursos, principalmente a paródia, que se torna o procedimento básico da comicidade antropofágica, como mostrou Maria Eugenia Boaventura. Pelo jogo intertextual, com o emprego de diversos procedimentos paródicos, e transformando o riso em arma de combate, o periódico leva a efeito sua proposta de destruição radical, que não poupa nada nem ninguém.

Nas páginas da *Revista de Antropofagia*, Oswald de Andrade deu livre curso a seu anarquismo, comprazendo-se em praticar o que Drummond chamou, em crônica escrita por ocasião de sua morte, de "violência rabelaisiana de sátira a destruir um mundo de atitudes e ideias que merece realmente ser espandongado".[6]

A demolição começa pelos autores clássicos, como Camões, e atinge não só os símbolos da oficialidade cultural, mas os próprios companheiros modernistas. Um dos capítulos de *Macunaíma* foi publicado na primeira fase da revista – e a obra foi tomada, ao lado de *Cobra Norato*, de Raul Bopp, como a principal realização do programa antropofágico –, mas Mário de Andrade resistia a dar sua adesão, tornando-se por isso o principal alvo dos ataques,

"Manifesto antropófago", publicado no número 1 da 1ª dentição da *Revista de Antropofagia*, maio de 1928

6 Carlos Drummond de Andrade, "O antropófago". In: *Fala, amendoeira*. São Paulo: Companhia das Letras, 2012, p. 147.

que visavam tanto à pessoa do escritor quanto à sua atuação no Modernismo. A briga ecoou fora de São Paulo, resultando no rompimento de Oswald com Drummond e outros modernistas de Minas, que passariam também a ser achincalhados.

Os fiéis de amigos de Mário, os membros do grupo Verde-amarelo, os representantes da ala espiritualista carioca e até mesmo Antônio de Alcântara Machado, companheiro da primeira fase da revista, todos são alvo dos "moquéns" e da derrisão antropofágica. Uma das estratégias utilizadas é o recurso a epítetos cômicos. O autor de *Juca Mulato*, por exemplo, é chamado de "vate del Picchia", "regabofe passadista", "Júlio Dantas de Itapira" etc. A Tristão de Athayde são aplicadas, entre outras, as fórmulas "o triste Tristão", "o primado de Tristinho de Ataúde" e "conselheiro Acácio do modernismo". No terceiro número dessa fase, o estilo agressivo é confessado pela própria revista: "Não fazemos política literária. Intriga, sim!"

Por trás do humor, sem dúvida exagerado, de quem já antes dissera que "a alegria é a prova dos nove", havia também uma inconteste carga de seriedade. Foi o que reconheceu Mário de Andrade, ao comentar em 1924 a destruição "quase dadá" de *Memórias sentimentais de João Miramar*, definindo como "blague em perspectiva" o sarcasmo praticado por Oswald: "Toma sempre a sério o que empreende. Acredita no que faz."[7] Em sintonia com essas palavras, Maria Eugenia Boaventura lembra que "a Antropofagia é demasiadamente teórica, consciente da sua mensagem estética e obcecada pela revelação da verdade suprema".[8]

Último rebento da série de periódicos literários produzidos pelo Modernismo de 1922, a *Revista de Antropofagia* buscou, assim como suas antecessoras *Verde* e *Festa*, a retomada do espírito polêmico que esmaecera no decorrer da década. Mas é fácil notar que teve um alcance muito superior. Como seu ideário era corrosivo – marcado pela violência da devoração e não pela passividade diante dos

---

7 Mário de Andrade, "Osvaldo de Andrade". In: Oswald de Andrade, *Memórias sentimentais de João Miramar*. São Paulo: Globo, 2004, p. 7.
8 Maria Eugenia Boaventura, op. cit., p. 28.

colonizadores –, é natural que encontrasse sua expressão numa linguagem e num estilo igualmente agressivos.

Realizou-se, assim, o canto de cisne e também a síntese metafórica das rupturas promovidas pela vanguarda brasileira nos anos 1920. Superado o trabalho "ciclópico" da geração futurista, que acertou o relógio da literatura nacional, como está dito no "Manifesto Pau-Brasil", havíamos chegado finalmente ao ponto em que o Brasil podia ver-se como origem de todas as vanguardas. Por essa crença, com unhas e dentes, se bateu o programa antropofágico. Conforme disse Antônio de Alcântara Machado, no editorial do primeiro número da revista: "Hoje somos antropófagos. E foi assim que chegamos à perfeição."

MODERNIDADE: QUESTÕES ESTÉTICAS

Para além dos "manifestos" ou editoriais de apresentação – escritos coletivos, apelativos e cheios de intenções, contendo às vezes mais arroubos do que arrazoados –, o pensamento estético das revistas modernistas se define de modo não programado na sucessão dos artigos, ao acaso das resenhas, dos comentários e das polêmicas criadas – material de caráter incerto ou "selvagem", mas, sem dúvida, revelador, ao qual se junta, com menor frequência, o ensaísmo teórico mais alentado.

Um postulado como a negação da "arte pela arte" em favor da "arte pela vida", que é central no pensamento de vanguarda, pode aparecer nessas publicações meio sem ênfase, perdido entre notas diversas e não assinadas, tal como ocorre no número inicial de *Klaxon*. Todavia, o leitor não teria dificuldade para rastreá-lo em outras páginas do periódico, que também se empenhou, por exemplo, na substituição da tendência contemplativa, considerada própria dos poetas penumbristas, pelo espírito prático, engajado.

Ilustração de Antonio Gomide na número 4 da *Revista de Antropofagia*, agosto de 1928

Se a teoria advém da própria arte, esta, por sua vez, deveria misturar-se com a vida – a vida moderna, bem entendido. Daí a proposição de um estilo que fosse a "adaptação literária da rapidez vital contemporânea", termos utilizados por Mário de Andrade no artigo "O homenzinho que não pensou", publicado no terceiro número de *Klaxon*. E tudo isso está coerente com as ideias e posições mais corriqueiras de 1922, como o culto ao progresso, a submissão da arte às leis científicas e o aproveitamento das modernas lições da linguagem cinematográfica.

Num breve comentário a respeito da trajetória de Charles Chaplin, inserido também em *Klaxon* número 3, eis que reaparece a ligação arte-vida. Depois de oferecer uma "caricatura do homem do século XX" em sua fase inicial, criando "vida fora da vida", o artista, segundo Mário, teria se completado (humanizado) em filmes como *O vagabundo* e *O garoto*, que servem de inspiração aos que desejam ser modernos. "Criemos como Carlitos uma arte de alegria! Riamos às gargalhadas!", exorta o crítico.

Essa alegria – palavra-chave dos movimentos de vanguarda – não aparece apenas na revista destruidora de 1922, mas em praticamente todas as publicações modernistas. Sinônimo de ruptura e libertação, ela é o cerne da oposição aos esquemas rígidos da literatura oficial, ao sentimentalismo dos românticos, à gravidade dos parnasianos, à melancolia dos "poetas da penumbra". Condizente com a vida contemporânea, a arte dos modernos timbra em ser sadia, livre e alegre. Na abertura do sétimo número de *Klaxon*, o autor de *Pauliceia desvairada* declara que "arte é felicidade, é alegria, é *brinquedo*, não é misticismo nem sofrimento".

Embora o espírito folgazão dessa revista inaugural tenha arrefecido ao longo da década, a alegria para os modernistas continuou sendo "a prova dos nove", conforme a célebre expressão de Oswald de Andrade no "Manifesto Antropófago". Publicações como *Estética* e *A Revista*, a despeito de sua aparência mais sisuda, também serão vistas por seus contemporâneos como folhas gaiatas e combativas. Uma das composições poéticas exibidas no periódico de Belo Horizonte é justamente "Alegria", de autoria de Pedro Nava. Nos depoimentos a respeito de seu grupo, sem disfarçar o reproche, Drummond usará repetidas vezes o vocábulo, associando-o a ingenuidade, inconsciência e improvisação – traços que certamente dizem mais respeito ao outro grupo mineiro, o dos alegríssimos rapazes de Cataguases. E mesmo uma publicação alinhada ao passado como *Festa* não deixará, como indica o próprio título, de valorizar a redescoberta da "alegria inexaurível", nesse aspecto voltando-se inclusive contra suas próprias raízes simbolistas.

Para Tasso da Silveira, o otimismo dos novos deveria substituir as posições que pertenciam a épocas ultrapassadas. Nas palavras do poema-manifesto da revista carioca: "Passou o profundo desconsolo romântico. / Passou o estéril ceticismo parnasiano. / Passou a angústia das incertezas simbolistas."

Entretanto, a alegria não era tudo para os modernistas, ou pelo menos não o foi para sua principal liderança, Mario de Andrade. Desde os tempos do "alegre combate de *Klaxon*" (expressão do historiador Mário da Silva Brito),[1] embora lutasse contra o sentimentalismo, o escritor paulista não excluía de seu horizonte, em favor das bandeiras do Futurismo ou da prática de um humor dadaísta, a dor e a amargura que, se não pareciam típicas da modernidade, caracterizavam a seu ver mais propriamente a "realidade". Daí a admiração pelo cinema de Chaplin, no qual identificava valores "humanos" mais interessantes do que a velocidade e os aeroplanos – isto é, os meros sinais exteriores e artificiais da modernidade. Já no prefácio de *Pauliceia desvairada* havia a seguinte afirmativa: "Escrever arte moderna não significa jamais para mim representar a vida atual no que tem de exterior: automóveis, cinema, asfalto."[2] Ao mesmo tempo, Mário fazia questão de rejeitar o rótulo de "futurista" que lhe atribuíra Oswald de Andrade – este, conforme diria mais tarde ao resenhar o romance *Memórias sentimentais de João Miramar* para a *Revista do Brasil*, é que teria sido "o criador do mito futurista brasileiro".[3]

---

1 Cf. Mário da Silva Brito, "O alegre combate de Klaxon". In: *Klaxon* (edição fac-similar). São Paulo: Secretaria de Estado de Cultura, Esportes e Turismo/Martins Fontes, 1972.
2 Cf. Mário de Andrade, *Poesias completas*. Belo Horizonte: Itatiaia, 2005, p. 74.
3 Mário de Andrade, "Oswaldo de Andrade". In: *Memórias sentimentais de João Miramar*. São Paulo: Globo, 2004, p. 8.

Uma observação do crítico Alfredo Bosi sobre *Klaxon* aponta como característica do modernismo brasileiro, ao menos em sua fase inaugural, uma oscilação entre tendências diversas, uma vez que "permaneciam baralhadas duas linhas igualmente vanguardeiras: a *futurista*, ou *lato sensu*, a linha de experimentação de uma linguagem moderna, aderente à civilização da técnica e da velocidade; e a *primitivista*, centrada na liberação e na projeção das forças inconscientes, logo ainda visceralmente romântica, na medida em que *Surrealismo* e *Expressionismo* são neorromantismos radicais do século XX".[4]

A mescla, embora contraditória, constitui de fato um dos traços marcantes de uma obra como *Pauliceia desvairada*, considerado nosso primeiro livro de poesia moderna não apenas por tematizar o cotidiano da metrópole, mas por fazê-lo à moda futurista, com as "palavras em liberdade" criando um efeito de simultaneidade ou polifonia poética. Ao mesmo tempo, porém, os versos abrigavam uma série de notações subjetivas, impressões que o contato comovido com a realidade gravava nas retinas do poeta: "Quando sinto a impulsão lírica escrevo sem pensar tudo o que o meu inconsciente me grita", afirma Mário de Andrade no "Prefácio interessantíssimo".

Em *Klaxon*, além de defender seu grupo da acusação de classicismo, Mário também se esforça em distinguir o movimento brasileiro do futurismo, do qual recusa uma série de propostas. O militarismo, a guerra, a destruição de museus e bibliotecas, o desprezo pelo passado, tudo isso é rejeitado em prol de uma confessada posição espiritualista (mais tarde levada a extremo pelo grupo de *Festa*), que declara compreender no "Manifesto Futurista" apenas "o espírito de modernidade universal".

Eis a função principal das revistas: mais do que divulgar o movimento modernista, era preciso especificar os traços que o definiam e suas diferenças em relação aos vanguardismos

4 Alfredo Bosi, *História concisa da literatura brasileira*. São Paulo: Cultrix, 1994, p. 340.

estrangeiros, numa palavra, colocar o "pingo nos ismos", conforme a expressão usada por Oswald de Andrade num bilhete enviado da Europa e publicado no sexto número de *Terra roxa e outras terras*.

Contra o artificialismo, nas páginas de *Klaxon* Mário de Andrade defende a profundidade dos elementos que nascem de cada contexto e, sobretudo, valoriza a "comoção" – motivo recorrente e quase uma palavra de ordem em sua poética. Não se trata apenas de oposição ao Futurismo. A consideração do lirismo como estado afetivo "vizinho da sublime loucura" é um modo de rejeitar os ideais clássicos de harmonia e racionalidade, a exemplo do que faziam os escritores românticos. Modernidade, para Mário, tem o mesmo sentido de sinceridade – é o que afirma didaticamente em *Klaxon* número 7, ao defender com exemplos que o poema é uma "imposição de dentro para fora", avesso a esquemas, e que sua espontaneidade não deve ser cerceada, ainda quando resulte em deformação ou destruição da sintaxe. Tal direito ao desvairismo é o cerne de suas primeiras poéticas, o "Prefácio interessantíssimo" e *A escrava que não é Isaura*, nas quais associa o lirismo à impulsão do "subconsciente" – termo usado pelos colaboradores da revista francesa *L'Esprit Nouveau*, que teve forte influência, como se sabe, na formação de Mário de Andrade.

Muito cedo se percebeu o descompasso da nossa "geração futurista" com os postulados de Marinetti. Em seu artigo pioneiro "O futurismo paulista", publicado em dezembro de 1921 na revista *Fon-Fon!*, Sérgio Buarque de Holanda já notava que os pontos de contato da vanguarda brasileira eram antes os "moderníssimos da França" (lista que incluía desde Romain Rolland e Marcel Proust até os "esquisitos" Max Jacob, Apollinaire, Picabia e Tzara) do que os integrantes do Futurismo.[5] Mais tarde, com a fundação da revista *Estética*, o autor do artigo e seu parceiro Prudente de Moraes, neto, dariam continuidade à posição anticlássica e anti-intelectualista de Mário de Andrade.

5 Cf. Maria Célia de Moraes Leonel, op. cit., p. 192.

Da polêmica contra o Futurismo, quase não sobram vestígios na publicação carioca, mas a reação contra o racionalismo e o cerebralismo é radicalizada, num estreito diálogo com a poética surrealista. Com base nas teorias de Bergson e Freud, leva-se ainda mais longe o mergulho nas profundidades do indivíduo. Mais radicalmente do que Mário de Andrade, que atenuou seu desvairismo inicial ao reconhecer, em *A escrava que não é Isaura*, o papel da inteligência como instância organizadora, que completaria o impulso lírico, *Estética* insistiu em considerar a obra de arte como expressão do inconsciente e das intuições de seu criador.

O irracionalismo se faz presente não apenas nas composições de Prudente de Moraes, neto, realizadas segundo o modelo da "escrita automática", mas em artigos dos mais diversos colaboradores. O poeta *sensorial* é mais valorizado que o poeta *cerebral*, conforme os termos usados por Rodrigo M. F. de Andrade em texto sobre Ribeiro Couto. Num artigo sobre o cubismo publicado no primeiro número de *Estética*, Renato Almeida aponta seu desacordo com a "fremente e vertiginosa" época moderna, deplorando a imobilidade dessa arte "em que a ordem plástica domina a sentimental". O mesmo argumento é utilizado no segundo número por Sérgio Buarque de Holanda, que toma de empréstimo uma imagem cara aos futuristas para postular o caráter moderno do Surrealismo: "A velocidade da vida moderna obriga o artista a realizar depressa o que ele sentiu depressa, antes da inteligência intervir."

Do objetivismo para o subjetivismo – assim evoluiu o debate estético nas revistas da década de 1920. No começo, o baralhamento das duas linhas chegou mesmo a existir, como mostram, no caso de Mário de Andrade, tanto os versos comovidos e irritados de *Pauliceia desvairada*, quanto os textos críticos publicados em *Klaxon*. Numa época em que a concepção de Modernismo estava ainda bastante atrelada à temática do novo e da vida civilizada, parecia difícil aceitar como moderna uma poesia subjetiva e melancólica como a dos penumbristas. Esse consenso era tão forte que mesmo um poeta ligado à tradição simbolista como Emílio Moura não deixaria de deplorar o "exagero subjetivista em que se ia perdendo a nossa literatura", como afirma na resenha de *Memórias sentimentais de João Miramar*, publicada no primeiro número de *A Revista*.

Na conferência de abertura da Semana de Arte Moderna, Graça Aranha propôs como fórmula adequada aos novos tempos o "objetivismo dinâmico", que exigia a superação do lirismo do "eu". Voltaria a apresentá-la nas páginas de *Estética*, embora seus diretores defendessem o Surrealismo, que ele considerava uma forma exagerada de romantismo. Visando atenuar a contradição, Sérgio Buarque de Holanda lança mão da expressão conciliatória "objetivismo lírico", que aplica aos poemas de Blaise Cendrars. Prudente de Moraes, neto, chama atenção para o fato de a concepção de Graça Aranha representar apenas uma das tendências da arte moderna. Ao entrar na polêmica, o grupo de Belo Horizonte será mais incisivo. Resenhando *Espírito moderno*, de 1925, do qual uma parte já havia aparecido no primeiro número de *Estética*, Martins de Almeida, além de afirmar que Graça Aranha "faz longas sínteses mas não tem o menor poder analítico", classifica o "objetivismo dinâmico" como "expressão congelada de uma ideia geral que não sintetiza os múltiplos aspectos da vida moderna".

Ao comentar *A frauta que eu perdi*, Prudente de Moraes, neto, qualifica seu autor, Guilherme de Almeida, como poeta moderno e "subjetivo por excelência", acrescentando que, com exceção de Mário de Andrade, todos eram subjetivos. Curiosamente, no sétimo número de *Klaxon* o autor de *Pauliceia desvairada* havia sido chamado por Carlos Alberto de Araújo de "objetivo paradoxal", isto é, um objetivo na sensação que se expressava com um "subjetivismo exagerado". E ao comentar a atitude contemplativa (penumbrista) de Ronald de Carvalho, em sua resenha de *Epigramas irônicos e sentimentais*, o próprio Mário de Andrade não deixara de ressalvar que tal posição não exclui necessariamente a participação na vida moderna.

De um lado, criticava-se o subjetivismo exagerado dos românticos; do outro, o excesso de objetivismo da literatura realista, parnasiana ou simplesmente clássica. Entre as duas tendências, alimentando-se de uma e de outra, o movimento modernista afirmava a pluralidade de seus temas e recursos. Assim como havia acabado a divisão dos assuntos entre poéticos e não poéticos, procurava-se eliminar a distinção entre procedimentos novos e antigos, admitindo-se que o poeta modernista criasse versos de medida tradicional e "todos os outros tipos que quiser", como exprime Prudente de Moraes, neto. Ao comentar em *Estética* a poesia de Guilherme de Almeida, Mário de Andrade adverte que metrificação "jamais quis dizer passadismo" e que o verso livre, por seu turno, tem suas leis – "não é aquela desordem e aquela prosa que viram nele os critiquinhos de porcaria". Em *A Revista*, a propósito da poesia de Wellington Brandão, Carlos Drummond de Andrade tenta dissociar o Modernismo da prática do verso livre, que para ele já se esgotara, manejado por poetas como Mário Pederneiras e Ronald de Carvalho, e conclui o argumento lembrando que "a poesia modernista, já o disse alguém, é a poesia do ar livre".

Com tantas posições sendo afirmadas simultaneamente no campo cada vez mais vasto da nova literatura, não se estranha que o periódico *Terra roxa e outras terras* – a exemplo do que fez em dezembro de 1925 o jornal carioca *A Noite*, com a publicação dos artigos da série "O mês modernista" – anuncie em dado momento e com semelhantes fins pedagógicos a intenção de promover uma enquete a respeito do Modernismo. O que seria, afinal, o "espírito moderno", pergunta a revista: "Toda a gente fala em modernismo, em mentalidade moderna. Existe ou não esse espírito, essa mentalidade?". A enquete deveria "esclarecer ou obscurecer ainda mais o problema", mas não chegou a ser realizada, deixando em suspenso a espinhosa questão, como se reafirmasse seu mistério insondável.

Uma possível resposta: o Modernismo brasileiro, a tomar por base o material que circulou nos periódicos paralelamente à publicação das obras e em sintonia com o espírito nacionalista de que elas se revestiram, perseguiu quase sempre tendências avessas ao racionalismo – desvairismo, surrealismo, expressionismo, espiritualismo, subjetivismo, primitivismo etc., todas derivadas da matriz romântica a que se referiu Alfredo Bosi. A própria busca da simplicidade, cerne do Modernismo de 1922, está ligada a essa posição anti-intelectualista. Da situação inicial de baralhamento das linhas modernas, a futurista e a primitivista, evoluiu-se rapidamente para a eleição da segunda, que se afirmou já em *Klaxon* e se radicalizou em *Estética*, daí saltando para as páginas das demais publicações. A referência constante à psicanálise, que atravessa todas elas, é um dos sinais mais evidentes desse interesse pela pesquisa do inconsciente.

Na *Revista de Antropofagia* o primitivismo se mostra afiado e agressivo – uma linha resistente a todas as regras, mas também essencialmente aberta e assimiladora, pretendendo-se ao mesmo tempo futurista e selvagem. Tal primitivismo é ignorado pelos fundadores de *Festa*, que também não veem com bons olhos o que chamam de "crise moderna", isto é, a desumanização causada pela máquina e pelo materialismo. Entretanto, essa via espiritualista, que opunha ao "objetivismo dinâmico" de Graça Aranha uma concepção do espírito humano como "dinamismo perpétuo", conduziria seus poetas ao mesmo polo do irracional frequentado pelos companheiros de São Paulo e também pela turma de *Estética*. A libertação do espírito, a comparação entre criação poética e experiência mística, a busca do infinito, do "homem integral", do "totalismo", tudo isso está na vizinhança, como se sabe, de um veio importante da "beleza surrealista".

O irracionalismo, como afirma Rubens Borba de Moraes em *Klaxon* número 4, é o fundamento da arte moderna. Boa parte das críticas feitas nos periódicos modernistas às obras do grupo formado por Graça Aranha, Ronald de Carvalho e Renato Almeida terá por base a racionalidade e o artificialismo que lhes eram atribuídos. Na "Carta aberta a Alberto de Oliveira", publicada no terceiro número de *Estética*, Mário de Andrade ataca a literatura formalista dos parnasianos, acusando-os de terem recalcado o "lirismo bonito que tinham dentro do coração". Contra a ordem, a objetividade e a atitude intelectual que caracterizam a arte clássica, despersonalizando-a, em toda parte se fará o elogio do indivíduo, da interioridade, da marca pessoal do poeta, do ritmo próprio que este imprime com sinceridade a suas criações – posição romântica batizada por *Festa* com o nome sugestivo de "egoísmo estético".

Uma nota dissonante: o grupo de Belo Horizonte. Drummond, Martins de Almeida e Emílio Moura, fundadores e colaboradores mais atuantes de *A Revista*, compuseram uma linha fortemente racionalista, que não se identificou com as vanguardas objetivas e tecnológicas como o Cubismo ou o Futurismo (e nem poderia fazê-lo em seu acanhado ambiente), mas tinha apreço por valores como equilíbrio, clareza e racionalidade. Embora Drummond tenha sido vanguardista em diversas ocasiões, fazendo eco à *boutade* de Pedro Nava segundo a qual "classicismo em 1925 é doença grave" (o que em ambos não impediu, como se sabe, o amor pelos livros e coisas antigas), os mineiros tiveram como face mais saliente o seu gosto pela tradição e pela vida intelectual.

Observe-se a crítica feita por Drummond ao Parnasianismo no primeiro número de *A Revista*. Em vez de considerá-lo, a exemplo de Mário de Andrade, como lírica recalcada, o poeta mineiro o censura justamente pelo contrário, a saber, o "excesso de poesia", que em sua opinião "viciou o temperamento brasileiro", tornando a nossa terra "tão abundante de lirismo". O que Drummond ataca não são os valores clássicos – ou a tendência intelectualista reprovada por Mário –, mas o uso banal e artificioso dos recursos poéticos. Sua conclusão, porém, é de que o Parnasianismo não deve causar preocupação, pois "a verdade é que ele está morto e que vivo, propriamente, nunca esteve".

Se a linha primitivista quer trazer o indivíduo ao centro do palco e fazer tábula rasa das convenções, a racionalista preza a ordem e o lirismo comedido. Tal inclinação está em pleno acordo com a visão de Mário de Andrade sobre os modernistas mineiros, que ele considerava excessivamente ordeiros e bem-educados. Em compensação, na resenha do livro *A escrava que não é Isaura*, Emílio Moura elogia a "disciplina cultural" de seu autor, que não se perde num "verbalismo romântico" – ou seja, ele projeta na figura de Mário valores que pertenciam ao grupo de Belo Horizonte. No ensaio "Da poesia moderna", inserido em *A Revista* número 2, o mesmo articulista faz a defesa do trabalho vigilante e da "autocrítica rigorosa", acrescentando que no lirismo a inteligência tem a sua ação permanente: "A análise ilumina-o na sua objetivação. Intelectualismo puro? Essa tendência é uma face curiosa da poesia moderna."

Não é de estranhar, portanto, a preocupação demonstrada por Drummond no artigo "Poesia e religião", publicado no terceiro número de *A Revista*, com a "pavorosa desorganização dos valores morais e intelectuais". Também não é casual que o debate sobre a tradição tenha se tornado um dos tópicos recorrentes do periódico, com seguidas homenagens a figuras do passado literário mineiro, como Godofredo Rangel e Alphonsus de Guimaraens. Entretanto, nas revistas anteriores já se notava o reconhecimento de que "o desprezo dos modernistas pelo passado não existe", sendo mais importante na definição da arte moderna "o cansaço em relação às fórmulas envelhecidas" (expressões usadas em *Estética* por Sérgio Buarque de Holanda e Couto de Barros). Mesmo entre os klaxistas, que Oswald de Andrade por brincadeira chamou de "kláxicos", havia a consideração do Modernismo numa linha de continuidade, sendo "ruptura por um lado, e revisão por outro", no dizer de Rubens Borba de Moraes. Se o importante era traduzir a sua época, como poderiam os modernistas condenar os autores de outros tempos?

Alguns críticos julgaram contraditório afirmar ao mesmo tempo o "direito permanente à pesquisa estética" (assim denominado por Mário de Andrade em sua famosa conferência de 1942) e a permanência da tradição no interior do movimento. Entretanto, desse conluio aparentemente exótico é que dependeu a evolução do Modernismo nacional. Para captar o espírito brasileiro, abrindo seu próprio caminho entre as vanguardas artísticas, a geração de 1922 precisou voltar-se não só para o primitivismo ou irracionalismo, que virou moda também na Europa, mas sobretudo para o passado. Daí é que viria, certamente, o nosso "pingo nos ismos".

NO FUNDO DO MATO-VIRGEM:

A busca da identidade nacional

As vanguardas são polêmicas, destrutivas e efêmeras, dizem os teóricos. Em países periféricos, todavia, onde a cultura ainda se encontra em processo de formação, elas costumam se enraizar e, como decorrência, sua ação se torna mais duradoura.

Na década de 1920, o Modernismo brasileiro dividiu-se em duas fases. A primeira, de renovação estética e exagero da atitude modernista, teve como símbolo a Semana de 1922 (embora as tendências artísticas e literárias exibidas naquela ocasião nem fossem assim tão vanguardistas). Já a segunda foi deflagrada dois anos depois, com uma volta ao passado e à realidade brasileira, e teve como marcos a viagem dos modernistas Mário de Andrade, Oswald de Andrade e Tarsila do Amaral, entre outros, às cidades históricas mineiras, acompanhando o poeta franco-suíço Blaise Cendrars, e o surgimento, sob o comando de Oswald, da estética Pau-Brasil, que valorizava as fontes populares e primitivas da cultura nacional. Aparentemente oposta ao combate do passadismo, essa nova posição não deixava de ser também um desdobramento da anterior. Não se tratava de limitação ou enquadramento do impulso vanguardista, mas, ao contrário, de sua *radicalização*. Não por acaso, as obras mais fortes e tipicamente modernistas surgiriam justamente nesse período de *enraizamento*.

Para o crítico João Luiz Lafetá, o fato mais importante da história do movimento foi a passagem do "projeto estético" da década de 1920, cujo foco era a linguagem (a libertação das regras, a experimentação formal) para o "projeto ideológico" (a consciência do país, a preocupação com a função da literatura e com a busca de uma expressão artística nacional) que marcaria, segundo ele, o decênio seguinte. Apesar de reconhecer a presença do debate ideológico, em necessária tensão com o outro campo de interesse, desde os primórdios do Modernismo, o crítico afirma que, ao longo dos anos de 1920, teria predominado a discussão literária e formal.[1]

Não é o que se observa, porém, nas revistas modernistas aqui em foco. Antes mesmo da inflexão nacionalista de 1924, já se podia notar o ímpeto construtivo e a desconfiança em relação a vanguardas como o Futurismo e o Cubismo, consideradas estetizantes. Já em *Klaxon*, a mencionada ligação que se procurou estabelecer entre arte e vida tinha como objetivo evitar os perigos do "estetismo" ou seja, a dissociação com a vida. Em 1923, Mário de Andrade propôs em cartas a Tarsila do Amaral a volta ao Brasil como como saída para as "estesias decadentes" que a fascinavam na Europa.

Nas páginas de *Klaxon*, antes de significar o mergulho nas fontes bárbaras da cultura nacional, o primitivismo foi considerado por Mário de Andrade como característico dos momentos de combate à tradição. Em *Estética* ele diria que o primitivismo é sinônimo de simplicidade, em oposição à "literatice", e que no caso brasileiro significa sobretudo "arte de intenções práticas, interessada", conforme lemos em sua "Carta aberta a Alberto de Oliveira", publicada no terceiro número da revista carioca. A seu ver, o Brasil como país novo só podia ter uma arte interessada, de ação, já que "arte pura" ou "arte artística", segundo ele, constituía fenômeno de decadência.

Levando estritamente em conta o material apresentado pelas revistas, seria um erro afirmar que seu foco era puramente literário. Não é correto limitar o debate do primeiro tempo modernista ao problema da reforma estética ou à luta contra o passadismo, questões de que o movimento na verdade muito cedo se libertou. Embora centradas na literatura, *Klaxon* e *Estética* abriam-se também para outras artes e os problemas brasileiros. Em Belo Horizonte, *A Revista* pretendeu ser não apenas um periódico literário, mas um órgão político. E no caso de *Terra roxa* e da *Revista de Antropofagia*, a discussão sobre literatura ficou em um

1 Cf. João Luiz Lafetá, *1930: a crítica e o modernismo*. São Paulo: Duas Cidades/ Editora 34, 2000, p. 29, 33 e 251, entre outras.

plano bastante secundário. Portanto, o que se impôs desde o momento inaugural, em consonância com a situação periférica do "país novo", foi o princípio da arte interessada na terra e na história.

Todas as revistas modernistas foram, sem exceção, nacionalistas. Essa linha surge em *Klaxon*, tem continuidade em *Estética*, *A Revista* e *Verde*, aprofundando-se em *Terra roxa e outras terras* e na *Revista de Antropofagia*. Mesmo *Festa*, apesar de negar o primitivismo em favor do espiritualismo, não descuida dos problemas brasileiros e especialmente do desejo de fixação do chamado espírito nacional.

Outras publicações importantes na época como *Novíssima* (1923-25), *Movimento brasileiro* (1929-30) e *Revista nova* (1931-32) também mostraram a mesma adesão às questões nacionais. A *Revista do Brasil*, já em sua primeira fase, na década de 1910, manteve uma atitude claramente nacionalista, preocupando-se inclusive com o levantamento sistemático de dados da realidade brasileira. Na segunda fase (1926-27), comandada por Rodrigo Melo Franco de Andrade e com a colaboração dos diretores de *Estética*, desenvolveu ainda mais esse espírito nacionalista, chegando a eleger como núcleo da brasilidade o morro carioca (o samba, o choro, a modinha).

De posições extremas como o ufanismo e a xenofobia até os olhares mais críticos sobre o país, as possibilidades em torno do nacionalismo eram, obviamente, muito variadas. Ser "brasileirista" podia significar muitas coisas: estudar a fala popular, o folclore e o nosso complexo racial (Mário de Andrade); aderir ao primitivismo e produzir uma poesia de exportação com elementos bárbaros (Oswald de Andrade); embriagar-se com o cheiro das matas e a plumagem das aves (grupo Verde-amarelo); valorizar a cultura e os costumes regionais (Gilberto Freyre); combater a imigração e o cosmopolitismo (*Terra roxa*); procurar a alma brasileira na retomada dos valores tradicionais (grupo de *Festa*) e assim por diante.

De acordo com Gilda de Mello e Souza, o nacionalismo constituiu, na década de 1920, "a solução mais adequada que os modernistas brasileiros encontraram para superar o período experimental das vanguardas, sem romper, no entanto, com algumas das suas conquistas fundamentais".[2] Se chegou realmente a cercear a liberdade criadora, conforme postula a ensaísta, o nacionalismo parece ter significado muito mais uma ampliação de temas e formas, como revelam, em quase todas as linguagens artísticas, os trabalhos mais importantes da época do modernismo.

Em outras palavras, foi quase uma solução mágica que permitiu afirmar como valores novos os elementos que já faziam parte da cultura periférica, sem perda de contato com os movimentos de vanguarda que se pautavam pela busca do alógico e do irracional, como o expressionismo e o surrealismo, dos quais nos tornávamos, por assim dizer, coadjuvantes, em vez de importadores. O diálogo estreito com o primitivismo europeu conduziu não apenas à revalorização de nossas supostas inferioridades – o "desrecalque localista" de que falou Antonio Candido –, mas ainda à possibilidade de uma inversão inédita do tradicional curso das influências culturais, com a reivindicação, pela vanguarda brasileira, de um papel que pela primeira vez lhe soava original e não mais de simples imitação.

Um dos principais resultados da excursão modernista a Minas Gerais, o "Noturno de Belo Horizonte", de Mário de Andrade, circulou no terceiro número de *Estética* e foi, sem dúvida, a colaboração de maior impacto da revista. Representou um marco do nacionalismo modernista e de uma nova fase da poesia brasileira. Em vez de tratar dos temas locais de uma maneira pitoresca, o autor "sente historicamente a nossa paisagem natural", como afirmou Martins de Almeida em *A Revista*, buscando seu lirismo no "fundo das nossas tradições" (ou "no fundo do mato-virgem", conforme diria depois a famosa abertura de *Macunaíma*). Naquele momento, acreditava-se que a vanguarda brasileira havia deixado de ser iconoclasta para proteger os tesouros do passado.

---

2 Gilda de Mello e Souza, "Vanguarda e nacionalismo na década vinte". In: *Exercícios de leitura*. São Paulo: Duas Cidades, 1980, p. 276.

Numa possível supervalorização de seus elos com o primitivismo das vanguardas, os modernistas viam o nacionalismo proposto por eles como gesto pioneiro, uma novidade na cultura brasileira. Estes foram exatamente os termos utilizados por Pedro Nava em depoimento da década de 1970: "A volta ao nacional foi feita pela nossa geração. A preocupação de conservar tudo que represente a cultura do passado começa conosco."[3] Na verdade, tais inquietações davam sequência a uma tradição muito forte no Brasil, que antes do movimento de 1922 havia interessado a Euclides da Cunha, Lima Barreto, Graça Aranha, Monteiro Lobato e a vários regionalistas de boa cepa surgidos na virada do século.

Tratava-se, portanto, mais propriamente de uma "renascença do nacionalismo", título de um artigo publicado por Emílio Moura no número inicial de *A Revista*. Desde Santa Rita Durão até Mário de Andrade, passando obviamente pelos escritores românticos, o nacionalismo, como lembra o crítico, esteve sempre presente em nossas letras. "Há um espírito nacional como existe uma arte e uma literatura que vivem desse espírito livre", acrescenta. Ao realçar de maneira imprevista o caráter de liberdade do nacionalismo, Emílio Moura talvez procurasse defender a diversidade de caminhos que, para além do "folclorismo debilitado", poderiam trazer "uma concepção mais humana e mais viva de abrasileiramento". De qualquer modo, ao poeta mineiro parecia claro que o nacionalismo era uma "conquista do pensamento moderno", que o transformara em seu maior "patrimônio espiritual".

O diálogo com o primitivismo europeu, como vimos, foi decisivo, mas não deve ser enfatizado a ponto de obliterar o lastro mais importante desse nacionalismo, que se encontrava na própria história brasileira. Foi por essa razão, aliás, que se pôde almejar entre nós um "brasileirismo natural", ou seja, uma espécie mais espontânea de primitivismo.

Quanto à divisão do Modernismo em duas fases – a primeira tendo como zênite a Semana de 1922, a segunda começando com a guinada brasileirista de 1924 –, os textos

3 Apud Maria Célia de Moraes Leonel, op. cit., p. 191.

publicados em *Klaxon* revelam que essa passagem do universalismo ao nacionalismo não se deu de modo tão repentino, ou melhor, que ela foi totalmente prevista e até mesmo preparada nos anos que antecederam a escrita dos poemas de *Pau-Brasil* e do *Clã do jabuti*. A preocupação com o Brasil e com a inscrição do Modernismo na reflexão sociológica e histórica já ocorria antes de 1924. Do mesmo modo, a visão mais abrangente e internacional, que ultrapassa as fronteiras do país, não deixaria de existir depois desse marco.

Com relação ao nacionalismo e ao universalismo, há uma inversão entre as posições anunciadas por *Klaxon* e *Estética*. Em seu manifesto, a revista de 1922 se declara internacionalista, mas disposta a morrer "pela integridade da pátria". Já o periódico de 1924 afirma mover-se por um "impulso nitidamente nacional", o que não o impede de apresentar a seus leitores "todas as tendências modernas do pensamento". Nessa gangorra que vai de um ponto a outro, assumindo a complementaridade dos extremos, vemos que o nacionalismo exerce em *Klaxon* o papel reservado ao internacionalismo em *Estética*, ambas buscando defender, no final das contas, as duas atitudes.[4]

Disso tudo retenhamos, pois, que a preocupação com o "espírito nacional" já existia na época de *Klaxon*, a despeito da presença de ideias e escritores estrangeiros, e de alguns brasileiros, como Sérgio Milliet e Manuel Bandeira, apresentarem seus textos em francês. Ao fazer crítica musical, Mário de Andrade destaca como ponto alto a brasilidade, identificada, por exemplo, nas sinfonias de Francisco Mignone. Em sua resenha de *O homem e a morte*, de Menotti del Picchia, o crítico elogia traços como o "lirismo desordenado" e a "gosto das cores fortes", que tornam o livro "um reflexo da natureza do país". Esse texto faz parte do último número de *Klaxon*, publicado em homenagem a Graça Aranha, no qual as atenções se voltam justamente para a presença do país e da "alma da terra" na obra do escritor maranhense.

---

4 Cf. Maria Célia de Moraes Leonel, op. cit., p. 113.

Também revelador dessas mesmas imagens é o próprio livro de Mário de Andrade, *Pauliceia desvairada*, obra simbólica da libertação ocorrida em 1922, bastante comentada nas revistas. A fala inicial das Juvenilidades Auriverdes, que representam os modernistas no oratório profano "As enfibraturas do Ipiranga", já contém o repertório de imagens do nacionalismo estético. Versos inteiros dessa passagem serão retomados no desfecho do "Noturno de Belo Horizonte":

[...]
Nós somos os brasileiros auriverdes!
As esmeraldas das araras
Os rubis dos colibris
Os abacaxis as mangas os cajus
Atravessam amorosamente
A fremente celebração do Universal!
[...]

A atribuição aos modernistas, agora apresentados como "brasileiros", da mesma fala utilizada pelas Juvenilidades na etapa dita futurista serve como reconhecimento de que o nacionalismo de 1924 já estava sendo esboçado nos primórdios do movimento – e desde sempre concorrendo para a "celebração do universal".

A geração de *Klaxon* não se identificava com o Brasil atrasado, "caipira", à distância das influências estrangeiras, mas tinha o desejo de ver o país em movimento, atualizado, participando do espírito moderno internacional. Por outro lado, não lhe escapou desde o primeiro momento a necessidade de estruturar, paradoxalmente com base nas imagens do passado, a realização brasileira desse espírito moderno. Nossos vanguardistas de 1922 sabiam que, do contrário, jamais seria possível construir um Modernismo autêntico – uma literatura autêntica – que viesse a ter importância no âmbito universal, o que deixa as coisas num plano diferente, como se vê, da simples ideia de uma "opção nacionalista".

Ao comentar em *Klaxon* as obras de Francisco Mignone e Menotti del Picchia, Mário de Andrade valoriza sobretudo a ausência de imitação dos modelos europeus. Modernidade passa a ser, portanto, um sinônimo de originalidade, que poderia ser encontrada no aproveitamento da cultura popular, da contribuição negra, de nossos ritmos enervantes e sensuais – numa palavra, no sentimento nacional. Poemas tropicais de Guilherme de Almeida, Ronald de Carvalho e Carlos Alberto de Araújo somam-se às tentativas de revisão da temática local na literatura do passado, tornando recorrentes em *Klaxon*, especialmente no último número, expressões como "alma brasileira" e "espírito brasileiro". Na resenha de *O homem e a morte*, Mário de Andrade explica que tal espírito é formado pelo "fundamento racial e mais o clima, os aspectos e recursos da terra, o modo de viver".

Em *Estética*, aumenta consideravelmente o número de poemas com temática brasileira. À reivindicação de uma literatura voltada para a terra, que deveria ser construída com uma língua liberta da gramática portuguesa, acrescenta-se o receio de despersonalização do país pela presença do imigrante – tema do conto "O rato, o guarda-civil e o transatlântico", de Aníbal Machado. Para além do viés ufanista, predominante nos textos, o nacionalismo proposto pela revista correspondia de fato a uma imperiosa necessidade de caracterização. Em toda parte se exprime a "aspiração brutaça de nacionalidade" identificada por Mário de Andrade, em seu artigo sobre o livro *Meu*, de Guilherme de Almeida, como constitutiva das obras modernistas.

No ensaio "Sobre a sinceridade", debatendo com um texto publicado por Benjamin Crémieux na *Nouvelle Revue Française*, Prudente de Moraes, neto, procura distinguir o "problema literário" brasileiro do que ocorria na mesma época com os franceses: "Enquanto tratamos de formar uma literatura, eles tratam de re-formar a sua." Se eles tinham a necessidade de se submeter aos influxos exteriores, nós "precisamos nos libertar das influências estrangeiras o bastante para termos fisionomia própria". Tendo surgido na esteira da "virada brasileirista" de 1924, o periódico carioca não deixou, porém, de criticar os excessos desse nacionalismo. Na polêmica resenha do livro *Estudos brasileiros*, de Ronald de Carvalho, os diretores de *Estética* afirmam: "O nacionalismo de um artista é subjetivo e não objetivo. Está no espírito e não no ambiente das obras que cria." Como se pode ver, trata-se de um ponto de vista muito próximo ao "sentimento íntimo" da nacionalidade, defendido no século XIX por Machado de Assis.

Em *A Revista*, além da fórmula "espírito brasileiro", reiteram-se expressões similares como momento brasileiro, problema brasileiro, critério brasileiro, pensamento brasileiro etc. Para os escritores de Minas, o nacionalismo é o fulcro de sua ação política. A defesa da ordem e do governo central, que insistem em realizar, tem como objetivo resolver "os problemas da nacionalidade". Os artigos dividem-se entre a recusa da xenofobia e a desconfiança com relação à tendência cosmopolita, que consideram exótica e sobretudo dissolvente, um perigo para a formação dos nossos caracteres.

Emílio Moura, no mencionado artigo "Renascença do nacionalismo", elogia os escritores brasileiros que, ao contrariar a velha tendência de esperar o último navio que viesse da Europa, "tiveram o heroísmo de esquecer essa Europa e esse navio". Sinônimo de sacrifício, o termo *heroísmo* é destacado pelo poeta, pois a renúncia às paisagens civilizadas em troca de nosso ambiente "bravio e primitivo" exige, segundo ele, "forças pouco comuns". Ao mesmo tempo, os colaboradores de *A Revista* louvam a "língua brasileira" por sua plasticidade e musicalidade. Recusam o indianismo dos românticos, tido como postiço e anacrônico – criado "no preciso momento em que o índio desaparecia do cenário da vida nacional", como afirma Magalhães Drummond. Mas buscam no passado outros exemplos de um "brasileirismo orgânico, intrínseco, estrutural".

O tema será quase único em *Terra roxa e outras terras*, além de constituir o principal critério de avaliação das obras literárias e de sua inclusão (ou não) entre as realizações do Modernismo. Todas as colaborações publicadas nos sete números do periódico paulista trazem à tona o "caráter nacional", que estaria à disposição tanto nos autos de Anchieta quanto no presente imediato dos escritores, entre a gente do povo, na "realidade viva" que o jornal procura documentar.

Entretanto, assim como havia admitido ser difícil definir o "espírito moderno", também em torno da brasilidade *Terra roxa* vai construir uma série de hipóteses, buscando-a ora na trepidação das grandes cidades, ora na melancolia dos sítios rurais. Nesse caminho de elaboração do conceito, são acolhidas todas as fontes: festas populares, costumes indígenas, fauna e flora tropicais, relatos de cronistas da época colonial etc. Na mistura de tudo isso, escreve Sérgio Milliet, é que está o brasileirismo. Reafirmando sua utilidade política nos países em formação, o crítico observa que, no campo da arte, ele "é mais do que útil, é indispensável, imprescindível".

Na tentativa de definir o que seria a nacionalização do nosso espírito, os mineiros de Cataguases, embora comumente associados à vanguarda de São Paulo, seguem um caminho semelhante ao que foi proposto pelo grupo de Belo Horizonte. De um lado, os verdes desejam o internacionalismo; de outro, acreditam em sua originalidade local, procurando expressá-la em poemas que, numa altura em que os exageros já não pareciam necessários, investem pesadamente no abrasileiramento da fala, a ponto de despertar censuras de Mário de Andrade. Uma década depois, o próprio Rosário Fusco lamentaria a rotinização do espontâneo e do informe em nossas letras, em especial na prosa, concluindo que o país ainda não tinha se libertado "do regional, como 'inspiração', e do nacional, como 'realização'".[5] Com efeito, esses elementos continuariam sendo, não somente no decênio de 1930, mas durante várias gerações, os pilares de boa parte da literatura produzida no Brasil.

Festa, apesar de todo espiritualismo, também põe fé na brasilidade como inspiração e suporte para a criação entre nós de uma linguagem moderna. De acordo com Tasso da

---

5 Rosário Fusco, "Modernismo, segunda fase". In: *Vida literária*. São Paulo: S. E. Panorama, 1940, p. 85.

Silveira, esta seria uma realidade incontornável para escritores e artistas de toda a América, que costumavam atuar em grupos – contrariamente ao Modernismo europeu, no qual, segundo ele, havia a busca da "originalidade individual" – e por isso sentiam e necessidade de pensar sobre a realidade e o destino do país.

Como os integrantes de *A Revista*, o grupo de *Festa* preconiza uma espécie de "modernismo continuador", em busca de raízes profundas e disposto a beber a alma brasileira "na fonte viva da tradição". Recusa o nacionalismo exótico, mas não deixa de admirar a representação da roça, dos morros e do futebol na obra de Portinari e, sobretudo, o aproveitamento do folclore e do sentimento popular por parte de Villa-Lobos – "criador da música genuinamente brasileira, com todo o seu mundo fantástico e primitivo, de caráter original e indígena, com os ritmos bárbaros da raça nativa de um povo em formação cultural", como se afirma na segunda fase de *Festa*. Na arquitetura, a elaboração do "estilo autenticamente brasileiro" também dependeria desse apoio forte no meio, na raça, nos elementos da vida simples. "O ritmo de cada povo está no seu próprio sangue", enfatiza Tasso da Silveira.

Caberá à *Revista de Antropofagia* compor a versão final desse nacionalismo modernista, pela síntese e radicalização das posições anteriores. Sim, era preciso ir além do brasileirismo pictórico, de um lado, e do nacionalismo ufanista, de outro. Mas como fazer emergir das camadas profundas da nação esse Brasil brasileiro, contraditório e revolucionário? Essa construção, de acordo com Oswald de Andrade, deveria se realizar antropofagicamente, isto é, pela destruição da figura do colonizador e consequente valorização do instinto bárbaro do selvagem. Mais do que um novo indianismo (a reposição em cena do "índio de ópera" oferecido pelos escritores românticos), o que se propunha era um "dilúvio sem Noé", a descida às fontes genuínas e puras de um Brasil ainda incógnito, na tentativa de "alcançar uma síntese cultural própria, com maior densidade de consciência nacional", nas palavras de Raul Bopp.[6]

Despojado dos adornos adquiridos na época da catequese, o índio representaria, portanto, a reserva de elementos étnicos, estéticos e culturais da nacionalidade. Esse homem natural, como lembra em sua segunda dentição a *Revista de Antropofagia*, não precisa ser índio ou preto, mas "pode ser branco, andar de casaca e de avião". Ao justapor a modernidade da técnica ao estado natural do homem pré-cabralino, promovendo, nos termos de Roberto Schwarz, uma "acomodação do desconforme", Oswald de Andrade figura uma espécie de país prometeico, no qual todas as conquistas da civilização seriam reorientadas numa direção alternativa – o progresso sem lágrimas ou recalques.[7] Ao mesmo tempo, a Antropofagia dá uma contribuição ao debate sobre o Brasil e seu descompasso histórico, a saber, "o desenvolvimento do subdesenvolvimento", tópico retomado na década de 1960 pelos artistas ligados ao Tropicalismo.

Ufanista e ao mesmo tempo crítico, como observou ainda Roberto Schwarz, o movimento antropofágico levou ao extremo o debate em torno do qual se organizou toda a experiência modernista da década de 1920. O nacionalismo foi o eixo da discussão, o que impôs a nossos vanguardistas a consideração constante da tradição literária, seja em busca de inspiração e apoio, seja para medir as próprias forças e o sentido da novidade que propunham. Nesse campo específico do debate, duas referências se destacam, ocorrendo de modo obsessivo nas revistas. Duas heranças, dois fantasmas que a defesa da postura nacionalista tornou necessário enfrentar e exorcizar: o Romantismo e o regionalismo.

A atitude modernista contrária à morbidez provocou, sobretudo nos alegres tempos de *Klaxon*, a rejeição da escola romântica, inicialmente identificada apenas pelos traços de melancolia e sentimentalismo. No segundo número do

---

6 Raul Bopp, *Vida e morte da Antropofagia*. Rio de Janeiro/Brasília; Civilização Brasileira/INL, 1977, p. 41.
7 Cf. Roberto Schwarz, "A carroça, o bonde e o poeta modernista". In: *Que horas são?* São Paulo: Companhia das Letras, 1987, p. 11-28

periódico de 1922, Oswald de Andrade, como bom futurista, deplora a presença da subjetividade nas letras do século XIX: "À morte o Eu estorvo, o Eu embaraço, o Eu pêsames." Graça Aranha, na apresentação de *Estética*, propõe como essenciais ao espírito moderno a objetividade e o dinamismo, características que considera opostas à "literatura dos possessos". Em *Terra roxa e outras terras*, Paulo Prado oferece a mesma resistência, julgando que a "epidemia romântica" seria um dos males do Brasil.

Essa recusa não impediu, porém, que também se formasse desde cedo a consciência de uma continuidade entre os dois movimentos, tanto em questões formais quanto temáticas. Em *Klaxon*, Rubens Borba de Moraes aponta a relação do Modernismo com o Romantismo no que diz respeito à libertação do verso clássico, que os simbolistas levariam adiante. A ideia de que "são os românticos os maiores revolucionários da literatura" será retomada no terceiro número de *Estética* por Prudente de Moraes, neto. Para ele, no entanto, o movimento do século XIX conservava um fundo clássico, ainda que reagisse contra o equilíbrio dessa visão, mostrando que a vida é feita também de desarmonia. Daí a conclusão de que o Modernismo, por ser mais libertário, seria também mais romântico: "agora é que estamos tendo um verdadeiro Romantismo".

É pela adesão ao nacionalismo que as épocas e os movimentos se tornam mais próximos. Na "Carta aberta a Alberto de Oliveira", Mário de Andrade elogia o Romantismo por ter tido uma função brasileira, "embora idealista e errada". A crítica aos exageros cometidos no século anterior se repete em *A Revista*, com as ironias de Emílio Moura, por exemplo, contra a "tanga dos nossos caciques artificializados", em estilo próximo ao que seria usado na *Revista de Antropofagia*. A despeito das ressalvas, os modernistas consideram mais importante o veio construtor da escola romântica, ligado ao nacionalismo que eles também defendiam. Emblemático desse reconhecimento é o artigo de Sérgio Buarque de Holanda sobre *Pathé Baby*, livro de estreia de Antônio de Alcântara Machado, publicado no sexto número de *Terra roxa*: "O velho jacobinismo dos nossos românticos de 1860, tipo 'todos cantam sua terra também vou cantar a minha', começa a ser brilhantemente ressuscitado pelos nossos românticos de 1926".

Se o Romantismo acabou sendo reabilitado e restaurado, o mesmo não se pode dizer da vertente regionalista que, apesar de sua importância nas letras nacionais, foi vista pelo Modernismo de 1922 como artificiosa, estreita e limitadora. Posteriormente o juízo se modificaria. Oswald de Andrade, em textos escritos na década de 1940 – após a explosão de literaturas regionais ocorrida no decênio de 1930, completada pelo aparecimento do espantoso regionalismo de Guimarães Rosa –, considera o Jeca Tatu de Monteiro Lobato um marco do início da modernidade literária no Brasil.[8] Nos tempos de *Klaxon*, porém, a palavra de ordem era libertar-se da tradição pitoresca dos temas regionais. No entender de Rubens Borba de Moraes, para superar o regionalismo seria preciso alargá-lo, torná-lo nacional. A mesma ideia reaparece numa colaboração de Sérgio Milliet para a revista *Terra roxa*. O papel indispensável que o regionalismo teve para Monteiro Lobato, agora os modernistas atribuíam ao nacionalismo. O reconhecimento de uma sucessão de etapas evidencia, mais uma vez, o pressuposto sempre relembrado de que o país vivia um processo de formação.

Na década de 1920, *regionalismo* se tornou quase um palavrão, repelido tanto na arte quanto na política como sinônimo de bairrismo e de sentimento separatista. Representava em toda parte um perigo a ser conjurado, e mesmo nos poemas de *Pauliceia desvairada* e nos contos de *Brás, Bexiga e Barra Funda* foram detectados exageros de regionalismo. Irritado com a denominação "literatura paulista", Mário de Andrade afirma em *Klaxon* que "os paulistas são brasileiros e querem ser brasileiros". Depois explicará em *Estética* o que estavam fazendo os modernistas: "Tentando dar caráter nacional pras nossas artes. Nacional e não regionalista".

8 Cf. Maria Eugênia Boaventura, op. cit., p. 109.

Em homenagem ao centenário de Bernardo Guimarães, Drummond publica em *A Revista* um artigo no qual afirma que o escritor mineiro havia composto uma "síntese de nosso ambiente físico e moral". Ressalta o "caráter brasileiro" de sua obra, ao mesmo tempo em que elogia o seu trabalho de documentação dos sentimentos e costumes da época colonial em Minas Gerais. O problema, diz o articulista, é que "o exuberante nacionalismo do velho Bernardo [...] veio degenerar no obtuso regionalismo de alguns medíocres literatos contemporâneos". Em sua opinião, Afonso Arinos constitui o ponto culminante dessa tradição: "Bernardo foi o lírico do sertão; Arinos foi o psicólogo." Já os demais representantes da linha regionalista são chamados de copistas e mistificadores. É curioso notar, tanto em Drummond quanto em Mário de Andrade, a falta de referências aos escritores Valdomiro Silveira, Hugo de Carvalho Ramos e João Simões Lopes Neto, respectivamente de São Paulo, Goiás e Rio Grande do Sul, que vinham renovando essa vertente desde o começo do século XX. Assim, eles recusavam o regionalismo com base em maus exemplos, considerando sua degeneração e não sua crescente vitalidade no Brasil.

Em *A Revista* ocorre na verdade uma pequena reviravolta. No texto de apresentação do segundo número, "Para os espíritos criadores", escrito por Martins de Almeida, o objetivo considerado maior de "nacionalização do nosso espírito" é, por assim dizer, dividido em etapas, com o aproveitamento das "experiências individuais" e do "trabalho subterrâneo das raízes", sem desprezo pela menor contribuição. Nesse contexto se defende, pela primeira vez nas hostes modernistas ligadas a Mário de Andrade, a importância do regionalismo: "Acolhemos com simpatia o regionalismo. Aproveitamos nesse movimento alguns reflexos do nosso ambiente, a originalidade local do nosso interior."

Ao resenhar esse segundo número de *A Revista*, Gilberto Freyre, com entusiasmo, apontou semelhanças entre o programa dos modernistas mineiros e as ideias do Centro Regionalista do Nordeste, que ele liderava: "É uma revista de jovens. Um esforço de mocidade. E anima-o vivo sentimento regionalista."[9] O grupo nordestino lançaria seu manifesto no ano seguinte, em 1926.

Embora não defendesse propostas separatistas ou antinacionalistas, o grupo nordestino distinguia-se das vanguardas paulista, carioca e mineira por outros motivos, especialmente por recusar as influências vindas da Europa. Uma leitura mais atenta do texto de Martins de Almeida revelaria as reticências e desconfianças dos rapazes de Belo Horizonte. Regionalismo, sim, mas com certo distanciamento: "Se bem que pretendamos caminhar noutro sentido: dominar pelo espírito o nosso meio e não nos escravizarmos a ele".

A postura definida em *A Revista* será depois reiterada em outros periódicos modernistas. O nacionalismo de *Terra roxa*, por exemplo, embora faça alusão a "outras terras" brasileiras, também tem como base a pesquisa da "cor local", isto é, da figuração específica com que se revestiu a alma nacional no solo de Anchieta – "uma busca no passado das fontes do 'caráter' brasileiro, no caso, especificamente paulista".[10] Por seu turno, o grupo de Cataguases também se volta para o que havia de característico em sua terra, a despeito de rejeitar o "espírito regionalista". O regionalismo muitas vezes foi considerado um entrave para a conquista do nacional (daí a tentativa, em *Macunaíma*, de se fazer uma rapsódia "desgeograficada"). Era visto também como um traço lamentável da literatura brasileira que, por dificultar sua aceitação universal, deveria ser ultrapassado. Mas muito rapidamente se consagrou a ideia – na verdade um lugar comum em situações periféricas – de que só pela exploração do local é que chegaríamos ao plano internacional. Como o ponto de chegada era tão importante quanto o de partida, tornou-se também recorrente em nosso contexto a oscilação entre primitivismo e universalismo, bem observada nas trincheiras modernistas por Manuel Bandeira: "O Graça Aranha condena o primitivismo e bate-se pelo universalismo.

9 Gilberto Freyre, "A propósito de regionalismo no Brasil". Apud Neroaldo Pontes de Azevedo, *Modernismo e regionalismo: os anos 20 em Pernambuco*. João Pessoa: Secretaria de Educação e Cultura da Paraíba, 1984, p. 225.
10 Cecília de Lara, op. cit., p. 175.

Esse universalismo entretanto não exclui os temas nacionais, como ele próprio se encarregou de mostrar no *Malasarte*. O Oswald de Andrade defende o primitivismo, mas o primitivismo dele é civilizadíssimo."[11]

No texto de apresentação do primeiro número de *A Revista*, "Para os espíritos céticos", como se desse uma resposta a Bandeira, Drummond considera natural o que o poeta pernambucano quis registrar como paradoxo ou disparate. Para ele, o nacionalismo defendido pelos modernistas, "longe de repudiar as correntes civilizatórias da Europa, intenta submeter o Brasil cada vez mais ao seu influxo, sem quebra de nossa originalidade nacional". Em outras palavras, o desejo dos nossos vanguardistas era realmente poder ser tudo ao mesmo tempo.

Internacionalismo, mas com raízes. Nacionalismo, primitivismo e até mesmo regionalismo, mas sem prisão ou limitação ao local. Em torno desse ponto maleável, cheio de conciliações (e contradições), é que se desenvolveu o modernismo brasileiro da década de 1920. Coroando e encerrando essa fase heroica, a *Revista de Antropofagia* constitui o ponto de convergência do debate travado nos periódicos da época, ritualizando uma experiência que foi crucial para os integrantes do movimento.

A ideia central proposta em 1928 pelo "Manifesto Antropófago" – a afirmação de independência cultural brasileira, com o aproveitamento consciente, criativo, dos componentes de outras culturas – foi lentamente preparada nos anos anteriores, como podemos perceber pela leitura dos textos que circularam nas revistas.

Já em 1922, ao apresentar no último número de *Klaxon* um balanço das obras até então publicadas pelo modernismo, Mário de Andrade celebra não apenas a atualização, mas a maturidade e a independência do movimento: "Agora estamos com o presente da literatura universal. Não é mais seguir. É ir junto. Não é imitar. É coadjuvar. Independência pois." Em

---

11 Manuel Bandeira, carta de 21 de outubro de 1924 a Carlos Drummond de Andrade. Apud Silviano Santiago (org.). *Carlos & Mário: correspondência de Carlos Drummond de Andrade e Mário de Andrade*. Rio de Janeiro: Bem-Te-Vi, 2002, p. 45,

Estética, o articulista volta a tratar dessa nova relação que o país, segundo ele, tinha passado a manter com a cultura estrangeira: "Exemplo, experiência de outros é lição que a gente pode aproveitar. Porém pra não ficar nela. Observa, adapta, cria novidades, não repete."

Ao afirmar a autonomia que não dispensa o conhecimento que vem de fora, mas o incorpora, o debate modernista vai preparando o caminho para a Antropofagia. Em *A Revista*, o mencionado artigo de Martins de Almeida propõe a seguinte formulação do problema: "Temos de recompor a nossa faculdade de assimilação para transformar em substância própria o que nos vem de fora". Nos termos empregados por Ascânio Lopes no segundo número de *Verde*, "trata-se de absorver o estrangeiro, sem ser absorvido por ele." E para os colaboradores de *Festa*, além de não excluir as tendências específicas de um povo, o ideal de universalidade também consiste no desenvolvimento de uma contribuição original. Esse desejo de mistura, e não de isolamento ou xenofobia, será incluído pelo periódico como um dos anseios de seu "totalismo".

Essa ansiedade chegou a um ponto de exasperação com o movimento da Antropofagia, que não se limitou ao primitivismo, embora o tenha radicalizado, assim como não desejou se livrar da civilização, mas, ao contrário, pretendeu devorá-la, transformá-la em substância própria. Assim, para o Modernismo de 1922 – e isso certamente vale para o conjunto da cultura brasileira –, mesmo o que não fosse bárbaro de nascença poderia, ao cabo, transformar-se em "autenticamente nacional".

Do moderno ao nacional, passando pelo regional – e, num caminho de volta, a passagem do nacional ao moderno e mesmo ao revolucionário. Eis o ciclo vivido pela vanguarda brasileira: um debate desdobrado em caráter de urgência, mas também com serenidade, consistência e extraordinária riqueza de movimentos, nas revistas modernistas da década de 1920.

ODERNISMO

TINGUIR

ue confunde *modernis-*
. é preciso distinguir,
coisa, e *futurismo*—outra.
fundamentalmente. Confe-
sentido da renovação. Mo-
asil é um movimento largo e
idéas novas. *Futurismo* foi a fan-
a do ingénuo Marinetti, que, afi-
um seculo atrasado nas proprias
acabou por desistir.

odernismo brasileiro tem significação pro-
. abrange todos os ramos da actividade
ana. Quer a renovação em tudo: reno-
ação lenta, gradual, persistente. Nada fixou
ainda, é verdade. Mas a grita tem sido tão
grande que muita gente agora já presta a
devida attenção ao seu programma. O in-
sulto que ouve a cada instante, a risada as-
carninha, o remogue solerte, tudo tem gran-
de significação para a corrente.

Não se conclue, porem, que dev
mar a nossa, plasmando-a pelo m
tranho. E' um contrasenso. Um absurdo
engraçado que fizessemos, por exemplo,
sar a *Carmen*, typo rigorosamente espanho
ao som da chorada modinha brasileira.... Ca-
da qual no seu logar...

MOVIMENTO DE ASPIRAÇÃO

Nós, que nunca tivemos livros-padrões
livros da raça; que não temos forma nem
gura de civilisação propria, e por isso
vemos á mercê da influencia estran
devemos reagir. Dahi o sentido brasil
nossa corrente. Movimento de aspira
tre a inquietude improductiva dos
tas e o pasmo dos ultimos ab
de classicismo.

O modernismo ha de ser
por que tem a sua historia,
snr. Graça Aranha (a quem
pessoalmente e a cujo
sempre rendemos o
em certa epoca tive
mas de suas idéas
recimento dos *Ep*
nald, até o movi
licéa e dos a
zontinos. com

O mov
na colme

OS TRES P P P

E' formidavel o nosso ideal: queremos
ós mesmos. Queremos a lingua brasi-
raça brasileira, a substancia brasi-
ida brasileira, em summa. Nada de
de copia, de arremêdo. Com-
s P P P, de que falava Remy
ra que plagio? Para que
pastiche? O modernismo
ue nunca uma lucta
l de morte.
é, quem creou o
s proprios ha-
rano? Claro.
lêses? E
ora,

TEMPO DE FESTA?

Um dado curioso: ao fazer o balanço crítico do Modernismo brasileiro em sua tão afamada conferência de 1942, Mário de Andrade não comenta o papel exercido na década de 1920 pelos periódicos literários. Na verdade, o escritor praticamente ignora a existência daquelas páginas consideradas efêmeras. Fala das festas, da Semana de Arte Moderna, dos aristocráticos salões onde teria iniciado o movimento, dos bailes e das exposições de arte, dos fins de semana passados em fazendas opulentas, das viagens coletivas a Minas e ao Amazonas... Sobre as revistas, porém, nenhuma palavra.

"E vivemos uns oito anos, até perto de 1930, na maior orgia intelectual que a história artística do país registra",[1] escreve Mário de Andrade sem meios termos, como quem faz uma denúncia, muito bem acolhida, aliás, por razões de ordem política, naquela época de engajamento e de oposição ao individualismo. Os escritores buscavam de todas as maneiras se relacionar com o tempo presente, ser portadores do

1 Mário de Andrade, "O movimento modernista". In: *Aspectos da literatura brasileira*. São Paulo: Martins, 1974, p. 238.

"sentimento do mundo" (título do livro de poemas publicado em 1940 por Carlos Drummond de Andade). Não se podia então aceitar sem constrangimentos "a atitude desvirilizada diante da vida contemporânea" que haviam demonstrado, segundo o autor de *Macunaíma*, os vanguardistas de 1922.

Quebrar vidros de janelas, discutir modas de passeio, combater "lençóis superficiais de fantasmas" – essas teriam sido, entre outras, as atitudes irresponsáveis daqueles escritores "arrebatados pelos ventos da destruição". Revelando-se essencialmente destruidor, o Modernismo acabaria, pois, por ser superado, segundo Mário, pela nova fase de construção, iniciada em 1930. Destruição e festa, como se vê, são termos usados como sinônimos: "Todo esse tempo destruidor do movimento modernista foi pra nós tempo de festa, de cultivo imoderado do prazer."

Por que as revistas não entraram nesse balanço de Mário de Andrade? De passagem, o escritor lembra as desavenças dos paulistas com "a 'gente séria' do grupo de *Festa*". Refere-se também à necessidade que havia em sua geração de "estar ao par do que se passava nas numerosas Cataguases". Mas por que essas menções são tão rápidas? O que explica o silêncio a respeito das outras publicações?

De acordo com Drummond, o Modernismo teria sido mesmo "uma festa, com barulhos e equívocos de uma partida meio louca". Na década de 1970, quando surgiram as edições fac-similares das revistas, o poeta justificou sua resistência inicial à ideia de ressuscitar o órgão modernista de Belo Horizonte, confessando que "tinha enjoo pelo que escrevera há mais de meio século".[2] À omissão de Mário de Andrade juntou-se, pois, uma série de depoimentos acanhados. Para Henrique de Resende e Francisco Inácio Peixoto, por exemplo, falar sobre *Verde* produzia um certo embaraço, pois com o tempo essa experiência lhes pareceu ora muito extravagante, ora sem

2 Apud Margaret Abdulmassih Wood da Silva. A Revista*: contribuição para o estudo do modernismo em Minas Gerais* (dissertação de mestrado). São Paulo: FFLCH/USP, 1984, p. 280.

importância alguma, "causadora de grandes vergonhas".[3] O próprio Rosário Fusco consideraria a revista de Cataguases um "folclore" e o Modernismo uma "onda nacional inconsequente".

Voltemos ao artigo de Mário de Andrade. É interessante notar a semelhança dos argumentos e até mesmo da linguagem utilizada nesse amargo retrospecto de 1942 com outros juízos formulados pelo escritor na própria década de 1920, especialmente sua visão negativa a respeito da Semana de Arte Moderna. A seu ver, esta tinha sido uma maluquice: "Confusão e caos em que orientações quase opostas, em vez de convizinharem, libertas umas das outras, se confundiam numa barafunda de estardalhaço."[4]

A ausência das revistas no ensaio escrito em comemoração aos vinte anos da Semana de Arte Moderna parece indicar que o autor se referia, na verdade, à embriaguez daquele momento inicial, e não – ou pelo menos não completamente – aos oito anos heroicos que antecederam a viragem de 1930. O movimento modernista, como vêm demonstrando inúmeros estudos ao longo das últimas décadas, esteve longe de se resumir a festa, orgia e combate estéril de fantasmas. Não por acaso, as explicações dadas por Mário de Andrade para o enfraquecimento da "eficiência criadora" na literatura da época oscilam entre a "festança", que ele exagera, e uma razão contrária, o "pragmatismo das pesquisas", que parece mais convincente.

"Era tão gostoso brincar de modernismo", disse Drummond em um longo depoimento sobre a época.[5] A mocidade, excessivamente celebrada no tempo das trincheiras modernistas, como documentam textos publicados em todas as revistas – inclusive as sisudas *Estética*, *A Revista* e *Festa* –, depois, como vimos, passou a ser motivo de vergonha. Em *Klaxon*, Mário de Andrade afirma que "arte é alegria, é

---

3 Apud Kátia Bueno Romanelli, *A revista* Verde*: contribuição para o estudo do modernismo brasileiro* (dissertação de mestrado). São Paulo: FFLCH/USP, 1981. p. 199.
4 Texto publicado em 1924 na *América Brasileira*, dentro da série "Crônicas de Malazarte". Apud Mário da Silva Brito, "O alegre combate de Klaxon". In: *Klaxon* (edição fac-similar). São Paulo: Secretaria de Estado de Cultura, Esportes e Turismo/ Martins Fontes, 1972.
5 Carlos Drummond de Andrade, *Tempo vida poesia: confissões no rádio*. Rio de Janeiro: Record, 1987, p. 50.

brinquedo". Seis anos depois, no diálogo com os poetas de Cataguases, percebe-se sua insistência em advertir que a renovação da arte não poderia ser resultado da brincadeira de rapazes, que era necessário escrever, treinar e estudar. Para ele, "cair na pândega" seria uma atitude de "frouxos".

Foi no quarto número de *Verde* que apareceu pela primeira vez um fragmento do romance inédito *Macunaíma*. Na reflexão sobre a "falta de caráter" e a desorganização do brasileiro, estaria contido o sentimento que deu base aos reproches contra os meninos de Cataguases? E mesmo a acerba conferência de 1942, embora imbricada ao debate político específico da época, não poderia ser posta em relação com o pessimismo da rapsódia de 1928? A meninice dos verdes e dos modernistas – assim como a dos brasileiros encarnados em *Macunaíma* – era vista por Mário de Andrade como algo a ser superado.

Entretanto, o que nos mostram os periódicos da década de 1920? Não pândega, festa ou brincadeira, mas, ao contrário, a tentativa de superar o "trabalho leviano" de quem se contenta em quebrar janelas, sem *refletir*, sem *esclarecer*, sem *construir* – objetivos enfatizados já na apresentação do primeiro número de *Klaxon*. Conforme observamos, o espírito construtor teve depois continuidade nas outras revistas do movimento. Pela discussão de dois tópicos fundamentais, a modernidade e a brasilidade, elas se esforçaram por realizar, em trabalho conjunto, a paulatina clarificação do conceito de Modernismo e de sua especificidade na situação periférica do país.

Se o papel das revistas foi promover, no calor da batalha vanguardista, a organização e a "construção" que depois seriam cobradas do nosso primeiro Modernismo, podemos localizar justamente aí o provável motivo de terem sido omitidas por Mário de Andrade no balanço de 1942. Sua presença no texto poria em contradição o argumento central, isto é, a atribuição ao movimento modernista de um caráter "destrutivo e festeiro".

Já se disse que a poesia modernista, tão livre de peias e compromissos, parecia comportar-se como uma criança em férias. Essa imagem, sintonizada a um certo mito da infantilização que ronda a literatura da década de 1920, não faz jus à atitude madura e consciente demonstrada pelas revistas. A respeito de *Klaxon*, o historiador Mário da Silva Brito chegou a uma importante conclusão, que deveria na verdade ser estendida a todos os periódicos, pois neles os modernistas "consolidaram algumas ideias básicas, mostraram praticamente o que estavam produzindo, impuseram-se como unidade grupal a serviço de um ideário comum e específico. Afirmaram-se, numa palavra".[6]

Campo de sociabilidade, as revistas constituíram um espaço privilegiado de relações políticas. Embora representassem grupos, muitas vezes com pontos de vista divergentes, essas publicações conservaram entre si um forte entrelaçamento, como se pode constatar pela manutenção do mesmo elenco de colaboradores, que incluía não apenas as lideranças do Modernismo, mas também integrantes das agremiações mais conservadoras. A impressão que temos hoje é de que existiu na verdade uma única revista, desdobrada numa sequência em que apenas os títulos mudavam. Entre as redações, a solidariedade se manifestava tanto nos serviços que prestavam umas às outras, como no hábito que tinham de elogiar-se, recomendar-se e mesmo criticar-se.

Salvo na segunda dentição da *Revista de Antropofagia*, praticamente não houve ataques ou conflitos sérios. Contemporâneas, *Verde* e *Festa* chegaram a trocar algumas farpas. No terceiro número do periódico de Cataguases, Ascânio Lopes fez o seguinte comentário sobre a publicação carioca: "O melhor da revista é o título que ocupa uma página inteirinha, livrando-nos de muita prosa macete do Sr. Andrade Muricy." Mas a rixa não impediu que *Festa* publicasse em seu oitavo número uma crítica bem intencionada da coletânea *Poemas cronológicos*, reproduzida depois nas páginas de *Verde*.

O que predominou, portanto, foi o congraçamento, interrompido aqui e ali por escaramuças e pequenas dissensões. O mesmo se pode dizer das relações com o público. As revistas não desejaram entrar em choque com os leitores – o que seria esperado de movimentos de vanguarda –, mas

6 Mário da Silva Brito, "O alegre combate de Klaxon", op. cit.

aproximar-se deles, ampliar a divulgação das ideias modernistas, ainda que seus parcos recursos e o atraso cultural vigente na época impedissem a efetivação desse diálogo.

Conciliação e ecletismo foram, portanto, as atitudes predominantes na década de 1920, em contraste com os atributos de agressividade e escândalo normalmente associados ao movimento modernista. Em seu texto de apresentação, *Klaxon* define-se como um mensário "polimorfo" e "onipresente", e não como porta-voz de um esquema fechado de ideias. Também em seu primeiro número, a *Revista de Antropofagia* afirma não ter orientação ou pensamento de espécie alguma, mas apenas "estômago". A disposição de acolher tudo devia-se também, é claro, a essa incapacidade de definir uma direção única.

"Eu sou trezentos, sou trezentos-e-cincoenta", dirá Mário de Andrade no famoso poema de abertura do livro *Remate de males*. O teórico mais empenhado e aparelhado do Modernismo brasileiro foi também o grande entusiasta e protetor das revistas. Em todas, foi o mais assíduo colaborador, o fundamento, o esteio, ajudando não somente a criá-las, mas também a mantê-las. Em *Verde*, Mário esteve presente, como vimos, em praticamente todos os números, além de arranjar colaborações, oferecer ajuda financeira e criticar os textos publicados.

Ao comentar a visita da caravana modernista a Minas Gerais em 1924, Pedro Nava escreve: "Mas havia um homem ubíquo – que estava em toda parte. Era um moço falante, gargalhante e tamanhoso chamado Mário de Andrade, aliás Mário Raul de Almeida Leite Moraes de Andrade".[7]

Essa ubiquidade de quem, como Macunaíma, dava passos gigantes por todo território brasileiro resume também o espírito das revistas, seu desejo de expansão e onipresença. Indica ainda a consciência de que a construção do Modernismo no Brasil, que para muitos pareceu tão natural e espontânea – um brinquedo, algo fácil, ao alcance dos dedos –, exigia na verdade a união de muitos esforços. Só assim foi possível não sucumbir diante do gigantismo da tarefa – a difícil empreitada de realizar o Modernismo num país ainda pré-moderno.

7 Pedro Nava, *Beira-mar*. Rio de Janeiro: Nova Fronteira, 1985, p. 190.

REFERÊNCIAS BIBLIOGRÁFICAS

MODERNISMO +90

As revistas:

Klaxon (edição fac-similar). São Paulo: Martins Fontes/Secretaria Estadual de Cultura, 1972. Disponível em www.brasiliana.usp.br

A Revista (edição fac-similar). São Paulo: Metal Leve, 1978. Disponível em www.brasiliana.usp.br

Verde (edição fac-similar). São Paulo: Metal Leve, 1978. Disponível em http://www.brasiliana.usp.br

Estética (edição fac-similar). Rio de Janeiro: Gernasa, 1974.

Revista de Antropofagia (edição fac-similar). São Paulo: Abril/Metal Leve, 1975.

Festa (edição fac-similar). Rio de Janeiro: Inelivro, 1980.

Terra roxa e outras terras (edição fac-similar). São Paulo: Martins/ Secretaria da Cultura, Ciência e Tecnologia, 1977.

Geral:

ALPHONSUS, João. "À deriva". In: CAVALHEIRO, Edgar. *Testamento de uma geração.* Porto Alegre: Globo, 1944.

ANDRADE, Carlos Drummond de. *Tempo vida poesia: confissões no rádio.* Rio de Janeiro: Record, 1987.

______. *Confissões de Minas*. São Paulo: Cosac Naify, 2011.

______. "O antropófago". In: *Fala, amendoeira*. São Paulo: Companhia das Letras, 2012.

ANDRADE, Mário de. *Aspectos da literatura brasileira*. São Paulo: Martins, 1974.

______. *Táxi e crônicas no* Diário Nacional (org. Telê Porto Ancona Lopez). São Paulo: Duas Cidades, 1976.

______. "Osvaldo de Andrade". In: ANDRADE, Oswald de. *Memórias sentimentais de João Miramar*. São Paulo: Globo, 2004.

______. *Poesias completas*. Belo Horizonte: Itatiaia, 2005.

ÁVILA, Affonso. "Nas vertentes da semana de 22: o grupo mineiro de *A Revista*". In: *Revista de Cultura Vozes*, Vol. LXVI, no 1, jan/fev 1972.

AZEVEDO, Neroaldo Pontes de. *Modernismo e regionalismo: os anos 20 em Pernambuco*. João Pessoa: Secretaria de Educação e Cultura da Paraíba, 1984.

BELLUZO, Ana Maria de Moraes (org). *Modernidade: vanguardas artísticas na América Latina*. São Paulo: Memorial/Unesp, 1990.

BERMAN, Marshall. *Tudo que é sólido desmancha no ar*. Trad. Carlos Felipe Moisés. São Paulo: Companhia das Letras, 1997.

BOAVENTURA, Maria Eugenia. *A vanguarda antropofágica*. São Paulo: Ática, 1985.

BOMENY, Helena. *Guardiães da razão: modernistas mineiros*. Rio de Janeiro: UFRJ/Tempo Brasileiro, 1994.

BOPP, Raul. *Vida e morte da Antropofagia*. Rio de Janeiro/Brasília; Civilização Brasileira/INL, 1977.

BOSI, Alfredo. *Céu, inferno*. São Paulo: Ática, 1988.

______. *História concisa da literatura brasileira*. São Paulo: Cultrix, 1994.

BRITO, Mário da Silva. *História do Modernismo brasileiro: antecedentes da Semana de Arte Moderna*. Rio de Janeiro: Civilização Brasileira, 1978.

______. "O alegre combate de Klaxon". In: *Klaxon* (edição fac-similar). São Paulo: Secretaria de Estado de Cultura, Esportes e Turismo/ Martins Fontes, 1972.

BUENO, Antonio Sérgio. *O Modernismo em Belo Horizonte: década de 20*. Belo Horizonte: UFMG/PROED, 1982.

BÜRGER, Peter. *Teoria da vanguarda.* Trad. Ernesto Sampaio. Lisboa: Vega, 1993.

CACCESE, Neusa Pinsard. *Festa: contribuição para o estudo do Modernismo.* São Paulo: IEB/USP, 1971.

CANDIDO, Antonio. *A educação pela noite e outros ensaios* São Paulo: Ática, 1989.

______. *Literatura e sociedade.* São Paulo: Companhia Editora Nacional, 1976.

CASTELLO, José Aderaldo. *José Lins do Rego: Modernismo e regionalismo.* São Paulo: Edart, 1961.

CURY, Maria Zilda Ferreira. *Horizontes modernistas: o jovem Drummond e seu grupo em papel jornal.* Belo Horizonte: Autêntica, 1998.

DIAS, Fernando Correia. *O movimento modernista em Minas.* Brasília: Ebrasa, 1971.

DOYLE, Plínio. *História de revistas e jornais literários.* Rio de Janeiro: Ministério da Educação e Cultura / Fundação Casa de Rui Barbosa, 1976.

FABRIS, Annateresa. *O Futurismo paulista.* São Paulo: Perspectiva/ Edusp, 1994.

FERRAZ, Eucanaã (org.). Alguma poesia *e seu tempo.* São Paulo: Instituto Moreira Salles, 2010.

FUSCO, Rosário. "Modernismo, segunda fase". In: *Vida literária.* São Paulo: S. E. Panorama, 1940.

______; Resende, Enrique; Lopes, Ascânio. *Poemas cronológicos.* Cataguases: Editora Verde, 1928.

GLEDSON, John. *Poesia e poética de Carlos Drummond de Andrade.* São Paulo: Duas Cidades, 1981.

GOMES, Angela Maria de Castro. *Essa gente do Rio...: Modernismo e nacionalismo.* Rio de Janeiro: Fundação Getúlio Vargas, 1999.

LAFETÁ, João Luiz, *1930: a crítica e o modernismo.* São Paulo: Duas Cidades/Editora 34, 2000.

LARA, Cecília de. Klaxon & Terra roxa e outras terras*: dois periódicos modernistas de São Paulo.* São Paulo: Instituto de Estudos Brasileiros, 1972.

LEBENSZTAYN, Ieda. *Graciliano Ramos e a* Novidade*: o astrônomo do inferno e os meninos impossíveis.* São Paulo: Hedra, 2010.

LEITE, Dante Moreira. *O caráter nacional brasileiro*. São Paulo: UNESP, 2007.

LEITE, Ligia Chiappini Moraes. *Regionalismo e Modernismo*. São Paulo: Ática, 1978.

LEONEL, Maria Célia de Moraes, Estética *e o Modernismo*. São Paulo/Brasília: Hucitec/INL, 1984.

LOPEZ, Telê Porto Ancona. *Mário de Andrade: ramais e caminho*. São Paulo: Duas Cidades, 1972.

MARQUES, Ivan. *Cenas de um modernismo de província: Drummond e outros rapazes de Belo Horizonte*. São Paulo: Editora 34, 2011.

MARQUES, Rodrigo de Albuquerque, "Primeiro tempo modernista no Ceará: presença antropofágica". In: OLIVEIRA, Irenísia Torres de e SIMON, Iumna Maria (orgs.). *Modernidade e tradição na literatura brasileira: diversidades regionais*. São Paulo: Nankin, 2010.

MARTINS, Wilson. *A literatura brasileira: o Modernismo*. São Paulo: Cultrix, 1969.

SOUZA, Gilda de Mello e. *Exercícios de leitura*. São Paulo: Duas Cidades, 1980.

______. "O mestre de Apipucos e o turista aprendiz". In: *A ideia e o figurado*. São Paulo: Duas Cidades/Editora 34, 2005.

MICELI, Sérgio. *Intelectuais à brasileira*. São Paulo: Companhia das Letras, 2001.

MORAES, Eduardo Jardim de. *A brasilidade modernista: sua dimensão filosófica*. Rio de Janeiro: Edições Graal, 1978.

MORAES, Marcos Antonio de (org.). *Correspondência: Mário de Andrade e Manuel Bandeira*. São Paulo: Edusp/IEB, 2001.

NAVA, Pedro. *Beira-mar*. Rio de Janeiro: Nova Fronteira, 1985.

OLIVEIRA, Claudia de et al. *O moderno em revistas: representações do Rio de Janeiro de 1890 a 1930*. Rio de Janeiro: Garamond, 2010.

PERLOFF, Marjorie. *O momento futurista*. Trad. Sebastião Uchoa Leite. São Paulo: Edusp, 1993.

PERRONE-MOISÉS, Leyla. *Altas literaturas: escolha e valor na obra crítica de escritores modernos*. São Paulo: Companhia das Letras, 1998.

PERRONE-MOISES, Leyla. *Vira e mexe nacionalismo*. São Paulo: Companhia das Letras, 2007.

PRADO, Antonio Arnoni Prado. *Itinerário de uma falsa vanguarda: os dissidentes, a Semana de 22 e o Integralismo*. São Paulo: Editora 34, 2010.

PRADO, Paulo. *Retrato do Brasil*. São Paulo: Companhia das Letras, 1997.

______. "Poesia Pau-Brasil". In: ANDRADE, Oswald de. *Poesias reunidas*. Rio de Janeiro: Civilização Brasileira, 1972.

RESENDE, Henrique de. *Pequena história sentimental de Cataguases*. Belo Horizonte: Itatiaia, 1969.

RICHA, Ana Lúcia Guimarães. *Uma vanguarda à moda de Cataguases*. Cataguases: Instituto Francisca de Souza Peixoto, 2008.

ROMANELLI, Kátia Bueno. *A revista* Verde*: contribuição para o estudo do Modernismo brasileiro* (dissertação de mestrado). São Paulo: FFLCH/USP, 1981.

SANTIAGO, Silviano (org.). *Carlos & Mário: correspondência de Carlos Drummond de Andrade e Mário de Andrade*. Rio de Janeiro: Bem-Te-Vi, 2002.

______. "A permanência do discurso da tradição no Modernismo". In: *Nas malhas da letra*. São Paulo: Companhia das Letras, 1989.

SARLO, Beatriz. *Modernidade periférica: Buenos Aires 1920 e 1930*. Trad.: Júlio Pimentel Pinto. São Paulo: Cosac Naify, 2010.

SCHWARTZ, Jorge. *Vanguardas latino-americanas*. São Paulo: Edusp/Iluminuras/Fapesp, 1995.

SCHWARZ, Roberto. *Que horas são?* São Paulo: Companhia das Letras, 1987.

SILVA, Margaret Abdulmassih Wood da. A revista*: contribuição para o estudo do Modernismo em Minas Gerais* (dissertação de mestrado). São Paulo: FFLCH/USP, 1984.

TELES, Gilberto Mendonça. *Vanguarda europeia e Modernismo brasileiro*. Petrópolis: Vozes, 1983.

VELLOSO, Monica Pimenta. "As distintas retóricas do moderno". In: OLIVEIRA, Claudia de et al. *O moderno em revistas: representações do Rio de Janeiro de 1890 a 1930*. Rio de Janeiro: Garamond, 2010.

WERNECK, Humberto. *O desatino da rapaziada*. São Paulo: Companhia das Letras, 1992.

REFERÊNCIAS BIBLIOGRÁFICAS

Reunimos a seguir alguns dos principais textos publicados pelos periódicos literários da década de 1920. De cada revista, selecionamos pelo menos um documento. Ao todo, são 11 textos: alguns imprimem um caráter programático, que corresponde em geral ao texto de apresentação do número inicial, resumindo as intenções dos redatores; outros apresentam natureza também analítica ou teórica, que complementa a discussão, trazendo em alguns casos balanços críticos e visões mais abrangentes da literatura brasileira.

Entre os escritos aqui reproduzidos, quatro não trazem assinatura – o que era, como vimos, bastante comum –, e representam o pensamento geral dos grupos. Entretanto, nos casos de *Klaxon*, *A Revista* e *Festa*, sabe-se que os editoriais foram escritos, respectivamente, por Mário de Andrade, Carlos Drummond de Andrade e Tasso da Silveira. O último texto que apresentamos, "De Antropofagia", aparece assinado por Freuderico, pseudônimo de Oswald de Andrade.

Ilustração de Victor Brecheret

Textos

– "Klaxon" (texto de apresentação) [*KLAXON* n. 1, p. 1-3]
A Redação (texto escrito por Mário de Andrade)

– "Aos homens de experiência" [*KLAXON* n. 5, p. 9-10]
Rubens de Moraes

– "Carta aberta a Alberto de Oliveira" [*ESTÉTICA* N. 3, p. 333-339]
Mário de Andrade

– "Para os céticos" (texto de apresentação) [*A REVISTA* n. 1, p. 11-13]
Não assinado (texto escrito por Carlos Drummond de Andrade)

– "Renascença do nacionalismo" [*A REVISTA* n. 1, p. 36-39]
Emílio Moura

– "Apresentação" (texto de abertura) [*TERRA ROXA* n. 1, p. 1]
Texto não assinado.

– "Pathé Baby" (resenha do livro de Alcântara Machado) [*TERRA ROXA* n. 6, p. 3]
Sérgio Buarque de Holanda

– "É preciso paz na arte moderna" [*VERDE* n. 1, p. 11]
Autor: Rosário Fusco

– "Poema-Manifesto" [*FESTA*, primeira fase, n. 1]
Texto não assinado, mas de autoria de Tasso da Silveira.

– "Abre-Alas" [*REVISTA DE ANTROPOFAGIA*, primeira fase, n. 1]
Antônio de Alcântara Machado

– "De Antropofagia" [*REVISTA DE ANTROPOFAGIA*, segunda fase, n. 1, março de 1929]
Freuderico (pseudônimo de Oswald de Andrade)

n. 1 | São Paulo, maio 15 1922

KLAXON

Significação.

A luta começou de verdade em princípios de 1921 pelas colunas do *Jornal do Commercio* e do *Correio Paulistano*. Primeiro resultado: "Semana de Arte Moderna" - espécie de Conselho Internacional de Versalhes. Como este, a Semana teve sua razão de ser. Como ele: nem desastre, nem triunfo. Como ele: deu frutos verdes. Houve erros proclamados em voz alta. Pregaram-se ideias inadmissíveis. É preciso refletir. É preciso esclarecer. É preciso construir. Daí, KLAXON.

E KLAXON não se queixará jamais de ser incompreeendido pelo Brasil. O Brasil é que deverá se esforçar para compreeender KLAXON.

Estética

KLAXON sabe que a vida existe. E, aconselhado por Pascal, visa o presente. KLAXON não se preocupará de ser novo, mas de ser atual. Essa é a grande lei da novidade.

KLAXON sabe que a humanidade existe. Por isso é internacionalista. O que não impede que, pela integridade da pátria, KLAXON morra e seus membros brasileiros morram.

KLAXON sabe que a natureza existe. Mas sabe que o moto lírico, produtor da obra de arte, é uma lente transformadora e mesmo deformadora da natureza.

KLAXON sabe que o progresso existe. Por isso, sem renegar o passado, caminha para diante, sempre, sempre. O *campanile* de São Marco era uma obra prima. Devia ser conservado. Caiu. Reconstrui-lo foi uma erronia sentimental e dispendiosa – o que berra diante das necessidades contemporâneas.

KLAXON sabe que o laboratório existe. Por isso quer dar leis científicas à arte; leis sobretudo baseadas nos progressos da psicologia experimental. Abaixo os preconceitos artísticos! Liberdade! Mas liberdade embridade pela observação.

KLAXON sabe que o cinematógrafo existe. Perola White é preferível a Sarah Bernhardt. Sarah é tragédia, romantismo sentimental e técnico. Perola é raciocínio, instrução, esporte, rapidez, alegria, vida. Sarah Bernhardt = século 19. Perola White = seculo 20. A cinematografia é a criação artística mais representativa da nossa época. É preciso observar-lhe a lição.

KLAXON não é exclusivista. Apesar disso jamais publicará inéditos maus de bons escritores já mortos.

KLAXON não é futurista.

KLAXON é klaxista.

Cartaz

KLAXON cogita principalmente de arte. Mas quer representar a época de 1920 em diante. Por isso é polimorfo, onipresente, inquieto, cômico, irritante, contraditório, invejado, insultado, feliz.

KLAXON procura: achará. Bate: a porta se abrirá. Klaxon não derruba *campanile* algum. Mas não reconstruirá o que ruir. Antes aproveitará o terreno para sólidos, higiênicos, altivos edifícios de cimento armado.

KLAXON tem uma alma coletiva que se caracteriza pelo ímpeto construtivo. Mas cada engenheiro se utilizará dos materiais que lhe convierem. Isto significa que os escritores de KLAXON responderão apenas pelas ideias que assinarem.

Problema

Século 19 – Romantismo, Torre de Marfim, Simbolismo. Em seguida o fogo de artifício internacional de 1914. Há perto de 130 anos que a humanidade está fazendo manha. A revolta é justíssima. Queremos construir a alegria. A própria farsa, o burlesco não nos repugna, como não repugnou a Dante, a Shakespeare, a Cervantes. Molhados, resfriados, reumatizados por uma tradição de lágrimas artísticas, decidimo-nos. Operação cirúrgica. Extirpação das glândulas lacrimais. Era dos 8 Batutas, do Jazz-Band, de Chicarrão, de Carlito, de Mutt & Jeff. Era do riso e da sinceridade. Era de construção. Era de KLAXON.

A REDAÇÃO

(publicado na Revista Klaxon (São Paulo), n. 1, Maio, 1922)

n. 4 | São Paulo, setembro 15 1922

AOS HOMENS DE EXPERIÊNCIA

Rubens de Moraes

Em arte não há progresso. O progresso só existe para as coisas materiais e na bandeira brasileira. Nós não escrevemos melhor que Machado de Assis, nossos poemas não são mais belos que a Eneida de saudosa memória. Igualar Camões ou Racine não tem a mínima importância. O que nos importa é traduzir a nossa época e a nossa personalidade.

Se somos modernos, isto não quer absolutamente dizer que condenamos os clássicos, românticos, parnasianos e todos os "passadistas". Bilac, Castro Alves, Gonçalves Dias foram grandes poetas. Escreveram obras românticas e parnasianas na época do romantismo e do parnasianismo. *Foram modernos! Bravo!*

O ridículo é um poeta acreditar em soneto e em alexandrino neste glorioso ano do Centenário da Independência.

Se um indivíduo andasse hoje passeando pelas ruas do Triângulo vestido à moda de D. João VI, o simpático guarda civil da Praça Antônio Prado prenderia o "louco" confirmando a fama da nossa Força Pública, a melhor do mundo.

V. Sria. é com certeza pai de família. Se não é, já foi, ou será, é fatal. Logo deve possuir essa coisa ridícula e perfeitamente inútil: a experiência. Como tal deve sacudir a cabeça: "Qual! Tudo isso passa!" Não pense V. Sria. que disse uma grande novidade. Isso já foi dito por V. Hugo que V. Sria. tanto admira, e muito melhor, em versos:

Tout passe, tout casse, tout lasse...

Victor Hugo tinha razão. A prova é que ele cansou e passou. Felizmente.

Os "modernos" também passarão como passaram os românticos, deixando atrás deles poetas, romancistas, escultores geniais que hão de ser a expressão sublime do tempo em que viveram.

Ninguém é dono do tempo. V. Sria. que tem cabelos brancos sabe disso melhor de que eu que não os tenho graças ao tempo.

O "modernismo" existe, é inútil revoltar-se. É um fato, como os aeroplanos, o bolchevismo, o fox-trot e o jazz-band. Ouço daqui seus gritos de protesto: loucura, imoralidade! Não grite tanto por favor, atrapalha minhas ideias.

Se V. Sria. tivesse observado um pouco, saberia que a "dissolução dos costumes" é uma simples consequência das guerras e revoluções. Durante a "Terreur" houve muito mais libertinagem nas ideias e costumes do que hoje.

Esteve em Paris antes da guerra? Bela cidade, não? Divertida! Moulin Rouge! Pois hoje é muito mais. E não só Paris: é Berlim, Nova York, Viena, Londres, uma pândega geral! Não proteste, por favor! Admiro que um homem tão cheio de experiência não ache tudo isso muito natural. Quem teve a sorte de escapar ao horror das trincheiras quer divertir-se um pouco antes de começar a vida séria. Nossa época é o domingo dos séculos. Toda gente se diverte aos domingos, menos eu que me aborreço.

Mas qual será o resultado de tudo isso?

Ah! isso é uma pergunta muito séria, é quase filosofia. Já ouviu com certeza falar nos "incroyables" da Revolução francesa? Pois são os "almofadinhas" de hoje. Conhece com certeza o "Prefácio e a batalha de Hernani"? Pois são as batalhas dos "modernos". O que provam esses fatos? Que os fox-trots, os "futuristas" as ideias modernas são perfeitamente normais.

Não peço aos seus cabelos brancos que compreendam a Arte moderna mas que a aceitem como um fato.

A Arte moderna é uma manifestação *natural* e *necessária*. Os artistas modernos são homens convencidos de que é preciso procurar novas formas, porque as que existem não traduzem mais a vida contemporânea. Bandeirantes do pensamento eles estão à procura das esmeraldas.

Os filósofos barbudos dizem que a humanidade dá dois passos para frente e depois um para trás. Eu que não sou nem filósofo nem barbudo, digo que é preciso dar dois saltos para frente para ganhar um salto que vale dois passos.

Os artistas de hoje, atletas elásticos, estão dando o sublime salto para a frente.

ESTÉTICA | Ano II – Vol. 1 | Rio de Janeiro, abril-junho 1925

Editora: Livraria Odeon

CARTA ABERTA A ALBERTO DE OLIVEIRA

Príncipe.

Me desculpe começar esta... epístola? epístola, trelendo com o principado a que o sujeitou a estupidez monárquica dos literatinhos. Acredite: é caçoada que não ridiculariza o poeta porém os súditos dele. O senhor é um homem às direitas ao menos nisso que não combateu aquelas nossas extravagâncias do começo da reação. Ficou sossegado, falando consigo "Mocidade é assim mesmo!" pitando o fumo da experiência. Gostei muito disso. Foi voltando aos poucos aquela simpatia que eu tivera pelo senhor e que perdera. Perdera sim.

Cheguei a ter raiva do senhor. E com razão. O senhor me fez mal. A gente é moço, tem uma alma abundante que... meu Deus! é ver saia de cafeeiro na Noroeste, fruta que é um despropósito, vai, começa com as idolatrias. O senhor, Bilac, Raimundo com que assombramento amei. E os grandes? Gonçalves Dias, Castro Alves? E Álvares de Azevedo, Gregório de Matos? E os outros, Basílio da Gama, Dirceu, Cláudio Manuel? Não vê que pegava mais neles! Me amolavam porque não tinham rima em *edra* nem sofriam da sarna gálica do entojado Dorchain. Alguém me diz que a culpa era minha de me escravizar assim? Não era não. Mocidade não tem culpa. Vinte anos é plantinha nova que ainda carece de espeque pra se encostar. O vinte-anos acredita. Acredita principalmente no espeque. Se gosta da gente recebe tudo o que nós falamos se rindo corado que nem cunhatã. Nem sempre aceita não, porém o dito fica martelando e vai mudar a linha do gesto dele, isso é certo. Eis aí o que é vinte-anos. Pois então a gente pode ter o direito de só pensar na vaiadinha duma reforma petreca, sem profissão espiritual, formalista, fazer versos e não esclarecer, não aconselhar, quando muito, qual Bilac, pregar mas sem agir? Porque, faça favor de me dizer: Que fez Bilac de útil quando esteve pregando brasileiradas sem realidade de crítica na Academia daqui? Nada. Isto é, fez pior que nada: grelou por esta nossa terra toda a tiririca dum idealismo nacionalista xavier, desprático, envidado por tanta lambança literárica. Por todos esses idealismos é que o Brasil e o brasileiro são massapé desaproveitado no mundo faz duzentos anos. Não é verdade, como o senhor disse no seu discurso de Petrópolis, que os formalistas brasileiros embicassem o Parnasianismo francês na igarapaba auriverde por precisão de reagir contra a forma desleixada anterior. Foi porque os senhores eram imitadores de França que reagiram contra a forma desleixada dos românticos. Isso se prova. Exemplo, experiência de outros é lição que a gente pode aproveitar. Porém pra não ficar nela. Observa, adapta, cria novidades, não repete. Os senhores repetiram. Sei bem que se anda falando que não teve Parnasianismo no Brasil porque a nossa natural sensibilidade lírica impediu que os senhores fossem impassíveis porém onde é que se viu a impassibilidade em Heredia criando Pan e Marco Antônio, em muito Leconte e Banville? Não tem, nos momentos em que esses metrificadores foram poetas. Os senhores repetiram e ainda por cima ficaram na Grécia, em Roma, no Nirvana e Purna e um pouco de Brasil, valha a verdade, porque era mais fácil buscar livros de vulgarização sobre essas coisas do que desencavar dizques sobre a Índia dos Upanishades e a Espanha do Romancero. E ainda outro juízo que carece de ser reformado: É falso que os nossos poetas sejam propriamente desleixados. Desleixado é palavra que não tem sentido qualificando os grandes, os que não seguem o abcio dos marrueiros. Porque eles mesmos são marrueiros. E então essa barafunda que é Hamlet? E o Fausto! E as rimas de Dante e de Camões? São todos desleixados em relação ao Parnasianismo, não tem dúvida, porém muito bonita essa maneira de criticar o passado tomando pra metro de juízo o presente e qualificar os grandes referindo-os a uma norma e não examinando-os em si mesmos! Desleixado Castro Alves! Porque teve a sincera inconsciência de escrever tal e qual falava sem se amolar com a cartilha de Lisboa? Desleixado Gonçalves Dias que escreveu português de itajuba muito puro? Desleixado Cláudio, metrificando como o quê? E desleixado Álvares de Azevedo, esse cantador que viveu? E mesmo considerando um poeta menor, Casimiro, como qualificar de desleixada uma forma que antes de ser forma é verdadeira, muito pura duma alma coiósinha, coitada! A gente pode conceber um Casimiro bem metrificado e com rimas ricas! Que adiantara isso pra ele? Pra matá-lo como poeta, unicamente e só. Foi criado um fantasma pra justificar uma imitação. E me deixe continuar um pouco em queixas. Os senhores são bem culpados! Esbodegaram com o lirismo bonito que tinham dentro do coração. Quando releio Por Amor duma Lágrima, certas pagininhas do Livro de Ema, aquela sublime "Voz das Árvores", a admirável Sala de Baile, bem sei que tenho um poeta junto de mim. Porque o senhor trocou tanto lirismo, liederesco como o de nenhum outro poeta brasileiro, por uma poesia de mentira, que frase complicada, puxa! cada torcedura de sintaxe! pra só duas vezes, com os oito primeiros cantos do Paraíba e a "Ode ao Sol" conseguir uma forma que pôde enfim dominar pelo brilho estupendo? Sei que esses lieder (não posso traduzir) que citei não são pouco não mas bem se vê que são acidentes no meio duma poesiada de versos e nada mais. Alberto de Oliveira me desculpe: o senhor, os senhores são culpados. Recalcaram o lirismo bonito que tinham dentro do coração e que é muito pior, com o mau exemplo de artífices cueras que foram, azaranzaram pelo menos duas ninhadas de poetas brasileiros. Os senhores têm a culpa dos Hermes Fontes, dos Martins Fontes tão pouco fontes. E foi um preconceito que nem pôde ser bem sentido que levou os senhores a imitarem a França e ficarem dentro dela. E só dela ainda por cima. O Romantismo citava Byron, Musset, Espronceda, Goethe. Nosso romantismo foi justo apesar de atrasado porque refletia uma comoção universal e não a comoção particular dum país emboaba. E teve embora idealista e errada uma função brasileira. Foi arte tradicional, foi arte interessada, primitiva. Por isso eu afirmo que foi brasileiro. Andaram vivendo, sentindo. A obra que deixaram é de função social, religiosa, sexual, nacional. E só pode ser assim a arte dum país que principia. Arte pura, desinteressada, arte artística é fenômeno de apogeu, de decadência. Vá perguntar pros sacerdotes do vale do Nilo, pros rapsodos e cantadores de nomoi, pros menestréis enrabichados de Provença, de Inglaterra, da era Hohenstaufen, e... meu Deus! até pros que cantavam Jaci se faziam arte pela boniteza do fraseado ou por interesse mais imediato de religião, de nacionalização e de amor. Haviam de rir da pergunta. "Arte pura, não sei o que é" isso que eles lhe secundariam, garanto. Numa terra nova a arte tem de ser interessada senão é falsa e nhan-pam. Então a gente artefaz porque está com vontade de cavar uma morena pra... bom! porque tem medo da tempestade e do Sol que podem espantar o gado e queimar o milho embonecado, porque carece de se ajuntar numa tribo tapuia ou tupi. Arte de ação. O Romantismo agiu errado mas porém agiu. Se tivesse uma evolução natural das tendências espirituais do Romantismo pra cá nós hoje podíamos já estar seguindo e pondo pra frente uma arte nacional. E não estar assim sem tapejara, enroscado na serrapilheira da mata virgem, correcorrendo, se ferindo, se sacrificando, errando, abrindo picada, quem sabe? morrendo antes de deitar os olhos nas praias nacionais da nossa Vupabussú. Nunca teve arte desinteressada e formal nos povos que principiavam. E os senhores agora se preocupando com rimas e hemistíquios sem Brasil! E sem amor. E muitas vezes sem nada! Porque a existência duma ou de outra poesia do senhor e dos outros lírica de verdade não perdoa todo o mau exemplo que deram e a quebra de evolução que ficou. E quando eu, nós, porque eu sou apenas um dos muitos dessa mocidade brasileira que enfraqueceu a rigeza da munheca por ter os braços encarangados dentro da japona parnasiana, quando nós começamos a perceber, no aparecimento das Tardes onde o artifício mostrava-se por demais, o caborje que os senhores nos tinham botado, a raiva rebentou. A sua frase a meu respeito textual que o Manuel Bandeira me repetiu foi: "Pois eu pensava que esse moço tinha prevenção contra mim." Não tenho prevenção, Alberto de Oliveira. Tive amor. Tive raiva. Agora tenho admiração bem fundada e estas censuras. Posso dizer que tenho amor outra vez. Todos estes são sentimentos que provam algum valor no indivídua que faz eles nascerem. Prevenção indica indiferença inicial. Eu não sei o que é ser indiferente. Prevenção é preconceito, é sobretudo sentimentalismo. Eu tenho sentimentos, e batutas, lhe asseguro, não tenho sentimentalismo. A sua frase a meu respeito era depreciativa. Porém eu não me ofendo não. Não me ofendi e repito: Se tivessem me convidado pra votar no Príncipe, votava no senhor. Não porque o considere maior poeta vivo do Brasil mas porque considero Academias e Principados uma espécie de Santa Helena, correição onde a gente prende aqueles capitães grandes que ainda podem fazer mal. O senhor está vendo: Verdade e não condescendência é a maneira com que a gente do meu meio assunta e honra o valor.

Agora, Alberto de Oliveira, deixe que lhe conte alguma coisa sobre o nosso movimento. Pelo que reportou a Vanguarda e o "me contaram" da sua frase a meu respeito penso que o senhor só de oitiva sabe alguma coisa sobre nós. Nós também reagimos e macaqueamos. Porém nós, sim, imitamos porque reagimos. Contra essa tiguera assú dos tais fontes e dum simbolismo e dum rodembachismo ainda arte pura e sem função, hedonismo vazio, tínhamos que reagir. Não foi pra imitar Apollinaire ou Marinetti, primeiro ainda não lido e segundo não gostado, que em Dezembro de 1919 escrevi todinha a primeira redação de Pauliceia. Tristão de Ataíde, cabra perigoso da crítica moderna, sem me conhecer, viu nos exageros desse livro a revolta que o fatalizou. E apontava o belga Verhaeren, o norte-americano Whitman, o francês Hamp, o italiano Marinetti como inspiradores dessa revolta. E bem que ele podia ainda citar o alemão Becher, o russo Maiakovski, o austríaco Werfel e um poder de outros. Que pena! Agora Tristão vem dizendo que em S. Paulo só tinha uma "tendência modernizante" e que o modernismo veio no Brasil em 1921 dentro da mala de Graça Aranha. Não veio. Anita Malfatti desde o começo da guerra tomava lambadas do Lobato. E Brecheret, Osvaldo, Menotti, Gras, Hearberg, Sergio. E Guilherme. Era bem modernismo convencido, com grupo e obras bastantes. Porque a gente ainda estava se desenvolvendo? Natural! Também Graça Aranha vinha falando em subjetivismo e na Semana de Arte Moderna pedia liberdade absoluta. Foi quando não me contive mais e gritei "Não apoiado!" em pleno teatro. Ele até se riu pra mim. Pois agora Graça Aranha não está falando em objetivismo dinâmico? Está. Deixem ao menos o início do modernismo brasileiro pra nós. Só o início porque hoje me parece que os paulistas estão esgotando no diletantismo. É pena. Por todo 1920, Alberto de Oliveira, foi uma luta pra nós aqui!... Oswaldo escrevia. Eu contra a geração do senhor. O Menotti então bem direitinho. Nesse mesmo ano Pauliceia era conhecida nos meios mais... adiantados? adiantados do Rio. Errado ou não deixem ao menos o começo do modernismo pra nós. E como lição espiritual não estava errado. Reação contra a vacuidade formal. Literatura de ação. Nacionalismo. Turtuveante? Pudera, adonde encontrar brasileiros no Brasil? A geração formalista dava quase nada pra gente. O nacionalismo indianista era uma tese não era um sentimento. E quando sem ser indianista era sentido, Casimiro de Abreu, Gregório de Matos, estava muito distante da nossa realidade presente. Imitamos, não tem dúvida. Porém não ficamos na imitação. A distância em que estamos hoje da Europa é estirão tão grande que nem se vê mais Europa. Quase. Temos mais que fazer. Estamos fazendo isto: Tentando. Tentando dar caráter nacional pras nossas artes. Nacional e não regionalista. Uns pregando. Outros agindo. Agindo e se sacrificando conscientemente pelo que vier depois. Estamos reagindo contra o preconceito da forma. Estamos matando a literatice. Estamos acabando com o domínio espiritual da França sobre nós. Estamos acabando com o domínio gramatical de Portugal. Estamos esquecendo a pátria-amada-salve-salve em favor duma terra de verdade que vá enriquecer com o seu contingente característico a imagem multiface da humanidade. O nosso primitivismo está sobretudo nisso: Arte de intenções práticas, interessada: arte sexual ou nacional ou filosófica (no bom sentido) ou de circo pra pagodear. Essas me parecem as tendências duns e de outros. Estamos fazendo uma arte muito misturada com a vida. Só assim a nossa realidade, a nossa psicologia se irá formando e transparecerá.

Agora nada mais me resta que dizer-lhe o passe-bem. É possível que algum passadista ache esta carta desrespeitosa pois que me dirijo a uma pessoa ilustre e mais velha que eu. É possível. Com os mais velhos e ilustres não sou o que se chama respeitoso, sou franco e rijo. Só respeito os mais moços que eu. Respeitar o passado é sentimentalismo. A gente deve respeitar o futuro porque ele depende de nós e é quem vai nos julgar. Se os senhores tivessem matutando nisso, não sei não... porém me parece que o chamado Parnasianismo brasileiro teria sido bem diferente do que foi.

Alberto de Oliveira, eu não tenho prevenção contra o poeta de Alma em Flor e o admiro.

S. Paulo, 20 de abril de 1925.
Mário de Andrade

A REVISTA | Ano I | Belo Horizonte, julho de 1925 | Num. I

Editora: Typ. Do Diário de Minas

A REVISTA

Diretores:
Martins de Almeida
Carlos Drummond de Andrade

Redatores:
Emilio Moura
Gregoriano Canêdo

Editorial

PARA OS CÉTICOS

O programa desta revista não pode necessariamente afastar-se da linha estrutural de todos os programas. Resume-se numa palavra: Ação. Ação quer dizer vibração, luta, esforço construtor, vida. Resta cumpri-lo, e com lealdade o confessamos: começam aqui as dificuldades. Supõe-se que ainda não estamos suficientemente aparelhados para manter uma revista de cultura, ou mesmo um simples semanário de bonecos cinematográficos: falta-nos desde a tipografia até o leitor. Quanto a escritores, oh! isso temos de sobra. (Assim Deus Nosso Senhor mandasse uma epidemia que os reduzisse à metade!) Desta sorte, um injustificável desânimo faz de Belo Horizonte a mais paradoxal das cidades: centro de estudos, ela não comporta um mensário de estudos. E se reponta, aqui e ali, uma tentativa nesse sentido, o coro dos cidadãos experimentados e céticos exclama: "Qual! É tolice... a ideia não vinga." E como, de fato, a ideia não vinga, o ceticismo astucioso e estéril vai comprar a sua *Revista do Brasil*, que é de S. Paulo e, por isso, deve ser profundamente interessante...

Os moços que estão à frente desta publicação avaliam com segurança a soma de tropeços a vencer no empreendimento que se propuseram. Está claro que não só desejam como *esperam* vencê-lo. Porém, se forem derrotados, não se queixarão da fortuna, que é caprichosa, nem do meio belo-horizontino, que é, na realidade, um dos mais cultos, polidos e estudiosos do Brasil. A derrota é ainda o menos feio dos pecados, e o mais confessável. No caso presente, o inimigo pode tornar-se em amigo: é a indiferença do público, tão legítima em vista dos repetidos *bluffs* literários dos últimos tempos.

Não somos românticos, somos jovens. Um adjetivo vale o outro, dirão. Talvez. Mas, entre todos os romantismos, preferimos o da mocidade e, com ele, o da ação. Ação intensiva em todos os campos: na literatura, na arte, na política. Somos pela renovação intelectual do Brasil. Renovação que se tornou um imperativo categórico. Pugnamos pelo saneamento da tradição, que não pode continuar a ser o túmulo de nossas ideias, mas antes a fonte generosa de que elas dimanem. Somos, finalmente, um órgão público. Esse qualificativo foi corrompido pela interpretação viciosa a que nos obrigou o exercício desenfreado da politicagem. Entretanto, não sabemos de palavra mais nobre que esta: política. Será preciso dizer que temos um ideal? Ele se apoia no mais franco e decidido nacionalismo. A confissão desse nacionalismo constitui o maior orgulho da nossa geração, que não pratica a xenofobia nem o chauvinismo, e que, longe de repudiar as correntes civilizadoras da Europa, intenta submeter o Brasil cada vez mais ao seu influxo, sem quebra de nossa originalidade nacional. Na ordem interna, é forçoso lançar ainda uma afirmação. Nascidos na República, assistimos ao espetáculo quotidiano e pungente das desordens intestinas, ao longo das quais se desenha, nítida e perturbadora, em nosso horizonte social, uma tremenda crise de autoridade. No Brasil, ninguém quer obedecer. Um criticismo unilateral domina tanto nas chamadas elites culturais como nas classes populares. Há mil pastores para uma só ovelha. Por isso mesmo, as paixões ocupam o lugar das ideias, e, em vez de discutirem princípios, discutem-se homens. "Fulano está no governo, pois então vamos derrubar Fulano!" E zás! Metralhadoras, canhões, regimentos inteiros em atividade...

Contra esse opressivo estado de coisas é que a mocidade brasileira procura e deve reagir, utilizando as suas puras reservas de espírito e coração. Ao Brasil desorientado e nevrótico de até agora, oponhamos o Brasil laborioso e prudente que a civilização está a exigir de nós. Sem vacilação, como sem ostentação. É uma obra de refinamento interior, que só os meios pacíficos do jornal, da tribuna e da cátedra poderão veicular. Depois da destruição do jugo colonial e do jugo escravagista, e do advento da forma republicana, parecia que nada mais a fazer senão cruzar os braços. Engano. Resta-nos humanizar o Brasil.

pgs. 36-39

RENASCENÇA DO NACIONALISMO

Emilio Moura

Pode ser que se considere "atitude" a literatura nacionalista do nosso momento. Um ceticismo, muito literário no nosso meio, já se pôs de vigília diante dessa manifestação da nossa vitalidade. Mas, uma coisa ela traz, no seu anseio de abrasileiramento – o gesto desembaraçado. Pensa mais do que devaneia, e age na razão direta desse pensamento. Não cai no prazer puro de um malabarismo de ideias e sonhos. Ela se firmou numa sábia finalidade que é adaptação. Uns querem dar a essa literatura uma fisionomia nacional, querem arrancá-la à sombra das outras, numa vaidade que nos enobrece; outros atiram-se a ela com todo um vocabulário de indelicadezas. Existe uma "literatura brasileira"? Sempre haverá quem se emaranhe nessa eterna interrogativa.

Todo o movimento moderno das nossas letras (ou, pelo menos, a corrente maior no nosso momento compraz-se nessa tentativa curiosa de prosseguir no alevantamento da nacionalidade. Continuam a obra que foi o legado melhor do nosso passado.

Entre nós, desde aquele austero e comovido Santa Rita Durão, até esse recente Mário de Andrade, passando pelo velho Bernardo e Affonso Arinos, Euclydes e Castro Alves, nós sentimos essa ânsia libertadora. Em Arinos o sentimento nacional (o nacionalismo era toda a "alma" da sua inteligência) foi uma criação lisonjeira do espírito da terra. Era mesmo o fio emotivo da chama que lhe animara o destino. Arinos foi, pura e naturalmente, brasileiro. A sua adaptação aparente à vida civilizada e polida das velhas aristocracias, o seu gosto pelo mundo que recebera o beijo malicioso do mediterrâneo não lhe trouxe a "doença de Nabuco". Ficou brasileiro pela imaginação e pelo sentimento. Trazendo no seu temperamento o requinte de uma civilização caprichosa, ele se contentava, entretanto, com a paisagem brasileira. Chegava mesmo a senti-la, "historicamente". Daí a força do seu nacionalismo de que procurava extrair, para o seu intelectualismo de requintes incompreeendidos, os motivos de uma arte prodigiosa. Foi uma das figuras mais significativas de todos os movimentos nacionalistas do nosso meio, desde o indianismo de Gonçalves Dias e José de Alencar, até o regionalismo de aguafortista do sr. Monteiro Lobato. Através de todas essa gerações sucessivas, a reação nacional veio se fazendo, numa esteira que não se apagará diante do maior ceticismo. Já está bem longe de nós o momento das negativas preliminares diante de cada arrancada nacionalizadora. O que nós sentimos, agora, é uma alegria serena, uma vaidade que não é tolice, em crer nesse espírito de brasilidade. Há um espírito nacional como existe uma arte e uma literatura que vivem desse espírito livre. A semente de Alencar e de Euclydes terá a gloria de uma floração "brasileira". Um futuro que não está muito longe, escreverá a história da nossa emancipação intelectual. O passado, é verdade, deu-nos a lição dolorosa de uma tradicção empalidecida, fruto de um academicismo que era desvio, e de um classicismo esterilizante. O presente, entretanto, é ágil e firme, na curva de sua trajetória difícil. Faz prodígios de malabarismo com os jogos de sua coragem desassombrada. O ritmo que ele executa, em vez da velha toada monocórdia, do estribilho desalentado que era um eco tradicionalista, é uma polifonia em que entra a voz de todos os elementos, numa apoteose final de cor e de vida.

O movimento reacionário no mundo intelectual brasileiro, abriu uma brecha para a escapada nacionalista. É oportuno, por isso, que assinalemos aqui, essa conquista do pensamento moderno. É ela o maior patrimônio espiritual desse movimento. Falava-se muito em renovação de valores. Bastava esse desejo, que já é um índice generoso de vitalidade. Mas não é só isso: O que se quer, além desse trabalho considerável, é construir um Brasil dentro do Brasil, polir e colorir a sua fisionomia, e afastar, para longe, a tanga dos nossos caciques artificializados. É a "inversão da Babel" de Alberto Torres, o "Sonho do Gigante" do sr. J. A. Nogueira – é toda uma teoria de sonhos que se unem na mesma canalização para um futuro de harmonia intelectual e moral. Limitação à nossa esfera de atividade? Não; apenas concentração de todas as forças, à lembrança viva do nosso destino de povo que já balbucia o seu ritmo novo. Esse entrará, depois, no quadro de um universalismo bem compreendido. Universalismo é fundo de cena. É preciso criar o primeiro plano, onde o cunho da nacionalidade não seja, apenas, um ilusionismo da plateia despreocupada. É esse um anseio radicalizado. Não é ele de agora, nem a nossa vaidade procura dar a essa geração reacionária um primado nesse terreno. Mesmo porque não é trabalho esse para uma geração. O que se pode é ensaiar tentativas. E qual a primeira nesse sentido? Aí está um divertimento curioso para os pesquisadores da nossa história confusa. É provável que ela tenha surgido, um dia, diante daquela carta de Vaz de Caminha: "Esta terra, Senhor..." Acredito mesmo que esse sentimento nos tenha vindo, a princípio, de pura atitude. Que importa? É a razão corrigindo o nosso temperamento; a disciplina impondo-se com sabedoria. Entre essa disciplina interior, filha da cultura, e a exterior, a visão plástica do universo – filha do preconceito, é que está toda a distância entre o brasileiro que pensa e o brasileiro que sente, o brasileiro-imaginação. A primeira dá-lhe agilidade de espírito, amolda à sua plasticidade um ritmo de inteligência intuitiva e reveladora; a segunda tiraniza-lhe a criação intelectual. Diante da primeira o universo está reduzido a uma nebulosa de que nós faremos aquilo que estiver contido em todo o infinito da nossa aspiração; ao passo que, diante da segunda, uma estética preestabelecida nos acorrenta e subjuga. É no campo desse dualismo que a crítica do nosso sonho unificador vai tirando a visão em que se procura corrigir do seu desvio cosmopolita. A inteligência corrige, experimenta... Traz ao nosso individualismo uma diretriz que é o resultado de um esforço gigantesco da nossa experiência fragmentaria. Chegamos a um grão de cultura (ilusão da nossa vaidade?) em que se torna possível esse sonho de emancipação. Os escritores mais amados, no nosso momento, são justamente aqueles que souberam guardar o sentimento da terra e a alma heterogênea do nosso povo; aqueles que, mesmo escrevendo para um público que vivia à espera do último navio que lá viesse da Europa, tiveram o heroísmo de esquecer essa Europa e esse navio. Dos outros, alguns ficaram como espíritos harmoniosos, tal esse grande Machado de Assis. São amados à parte, postos num lugar da nossa admiração, de onde não sairão para viver e continuar em eco, na projeção das obras que se vão realizando. A nossa sensibilidade vai-se afastando, com pesar é verdade, dessas almas estranhas. Porque nacionalismo no nosso momento é sinônimo de sacrifício. Renunciar a uma paisagem civilizada e polida, a um ambiente de estilizações, onde a cultura adoça o veneno de uma arte de decadência; trocar toda essa visão harmoniosa por um *habitat* bravio e num estado admirável de primitivismo é um heroísmo que exige forças pouco comuns. Aí está, por exemplo, o sr. Oswaldo de Andrade a dar um exemplo desse heroísmo. E bem na "Cidade maravilhosa" que viu florir o espírito anatoliano que ele sonha "abrasileirar-se". Carlos Drummond comenta o milagre: "... essa geração (a do sr. Oswaldo) foi ao Bruges com o sr. Ronald de Carvalho, a Coimbra com o sr. Manuel Bandeira e a outros lugares menos confessáveis mais distantes... Que importa semelhante coisa? Tais poetas embarcaram na caravela que nos leva a todos à Europa, mas voltaram de lá com os olhos puros "e viram e sentiram a verdade". É à luz dessa renascença do nacionalismo que essa geração trabalha e medita, a pôr um pouco de beleza nessa campanha renovadora. Que importa o ceticismo de alguns? Sempre há de haver essa melancolia irremediável no fundo de todos os sonhos, até nos mais luminosos. A esses escritores de agora, a todos os que sonham com a brasilidade não pode ser atirada a pecha de cabotinismo. O que se julga ser isso é, apenas, a coragem magnífica de que se armaram, o ruído do entusiasmo que vai sendo preciso diante da barbaria civilizada. À caricatura do nacionalismo, que muita gente acredita estar fabricando, no fook--lorismo debilitado, eles opõem uma concepção mais humana e mais viva de abrasileiramento... Não fazem do tradicionalismo a única fonte devida. A preoccupação máxima é mesmo esquecer esse tradicionalismo, pelo menos no seu desvio mais doloroso, e arrancar, à argila desse presente tumultuoso, um *fiat* de verdades humanas, de realizações solidificadas. Criar, e principalmente agora, é mais necessário do que prolongar e continuar... Daí, por exemplo, a pujança significativa da visão brasileira do sr. Graça Aranha, e da crítica do sr. Mário de Andrade. Ambos procuram a mesma chanaan, pressentida no alvoroço de um individualismo que não se atrofia. É claro que os caminhos são diferentes. Mas por todos eles o nosso espirito chega à mesma finalidade nocionalizadora. No sr. Graça Aranha – mais romantismo, um certo gosto mesmo pelas ideias em si, um verbalismo que chega a empanar o objetivismo que ele apregoa na sua estética voluptuosa; no sr. Mario de Andrade – mais penetração nas ideias que usa, uma clareza crítica admirável, e menos desejo de agradar, de sorrir, "literariamente" a todos os problemas que vai pondo em equação, numa agilidade espantosa de raciocínio. São todos esses, são os dessa formação intelectual, os escritores de mais interesse para o espírito brasileiro da atualidade. Não lhes levaremos um "Carvalho de Tasso", numa pobre oferenda. Mas se essa valesse para alguma coisa, lá está no sertão generoso, o "Burity perdido", a oferecer como palma consoladora...

TERRA ROXA | Ano 1 | quarta-feira, 20 de janeiro 1926 | Num. 1

TERRA ROXA

APRESENTAÇÃO

Parece que este jornal, ao nascer, dá prova de uma coragem digna do Anhanguera: destina-se a um público que não existe. O seu programa é isso mesmo: ser feito para o homem que lê.

A nossa terra roxa, mercê de sua fertilidade complexa e exagerada, tem dado à luz tudo que é o msonho de uma imaginação de pioneiro: açúcar, café, arranha-céus, trens elétricos, lança-perfumes, diretórios políticos, ônibus, e até literatos. Tudo. Menos ali, nesse banco de jardim inglês, ou nessa poltrona de varanda de bengalô, ou nesse clube, ou nessa rede de fazenda, ou nesse *pullman* da Paulista, a entidade rara e inestimável que é um homem que lê.

Pois é para esse homem imaginário, ou pelo menos ainda incógnito como um rei em viagem de recreio, que decidimos imaginar, criar e jogar no mundo o TERRA ROXA... e outras terras.

Entre nós, o fenômeno é singular: não é o leitor à procura de um jornal, mas o jornal à procura de um leitor. Ensinemos esse leitor a ler. Sem cartilha. Sem bolos. Sem prêmio de fim de ano.

Três desejos levam o homem civilizado à leitura: o de se instruir, o de se divertir, o de fazer bonito diante de parentes, amigos ou conhecidos. TERRA ROXA fornecerá leitura para esses três fins. Quem o ler, com aquela assiduidade que sempre comove as administrações jornalísticas, poderá facilmente aprender, distrair-se e, como se diz no nosso admirável idioma ítalo-paubrasil, bancar o intelectual.

Ao ente hipotético e incerto, para quem compomos este quinzenário, oferecemos, como numa bandeja caipira, o repasto variado e suculento que convém a um apetite virgem: crônica literária, crônica artística, crônica filosófica, crônica musical e teatral, ensaios de crítica, ensaios de história, criações de poetas, novelas, romances, todos os gêneros, menos, esperemos em Deus, esse gênero pau (*ennuyeux* em francês), de que fugiremos como da peste.

Os trabalhos publicados obedecerão a uma linha geral chamada do espírito moderno, que não sabemos bem o que seja, mas que está patentemente delineada pelas suas exclusões.

Camarada leitor: muito prazer e muita honra em descobri-lo.

TERRA ROXA | Ano 1 | terça-feira, 6 de julho 1926 | Num. 6

PATHÉ BABY

O velho jacobinismo dos nossos românticos de 1860, tipo "todos cantam sua terra também vou cantar a minha", começa a ser brilhantemente ressuscitado pelos nossos românticos de 1926. Depois de tantas experiências vãs que a gente sofreu para esquecer essa atitude, o resultado é que o mais ligeiro esforço no sentido de exprimir mais profundamente o "estilo nacional", ajeitando bem ele na nossa produção literária e artística, bastou pra que voltasse à tona com ruído. Mas agora é se conformar com ela, já que os mais ousados dentre nós tiram o melhor partido de sua eficiência.

Tudo isso não é dito a propósito do livro que Antônio de Alcântara Machado nos apresenta: "Pathé-Baby". Mas é sugerido por ele. É possível que o autor imaginasse a moralidade do livro (quatro versos da Canção do Exílio) antes de terminar ele. Não creio, mas é possível. Nesse caso ela veste bem a atitude constatada. O mais provável e o mais crível é que ela surgisse à toa, por um achado feliz, e ainda importa acentuar esse fato como significativo de uma orientação.

Importa acentuar sobretudo porque se trata duma orientação fecunda, embora a muitos possa parecer ingênua ou coió em excesso. Pois foi também uma fecunda ingenuidade essa que traduzir o "Snr. le pont d'Avignon" dos emboabas no nosso delicioso e brasileiríssimo "Surupango da vingança". Não seria isso um argumento decisivo?

O objetivismo do livro de Antônio de Alcântara Machado – porque *Pathé-Baby* é extremamente objetivo, apesar de seu autor aparecer de vez em quando com um esplêndido caricaturista – dissipa a suspeita de que ele tenha tomado qualquer partido prévio antes de se dispor a descrever suas impressões através dessa Europa "gostosa e ridícula".

O que ele faz, e talvez sem querer, é fornecer um excelente correlativo a quanto alguns estrangeiros cultos e irritados têm escrito da nossa civilização desajeitada. Trata-se positivamente de um tipo de brasileiro que Joaquim Nabuco não previu.

Diante de algumas páginas deste livro a gente sente uma bruta vontade de comparar ele aos contos de Paul Morand e muito mais a certas páginas do diário íntimo de Barnabooth de Valery Larbaud. Mas tudo isso com reservas. Nos franceses predomina a impressão pessoal dos sítios que eles observam e percorrem. Eles se demoram nela e acham bom observarem-se a si mesmos. Quase sempre a nota subjetiva dá o tom, se não serve de ritornelo. Isso é sobretudo verdadeiro quando se trate de Larbaud.

O autor de *Pathé-Baby* cabe perfeitamente bem dentro das tendências e correntes modernistas em tudo quanto nelas corresponde a fórmula estupenda de Jean Cocteau: "Nosso papel daqui pra diante será o de esconder a poesia por debaixo do objeto". Livro seco, quase todo de frases incisivas e cortantes que nem tiririca. Irritante por isso mesmo. Mas por outro lado, em compensação, pedaços onde se derrama um sentimentalismo bem brasileiro, terno e comunicativo, como esse colosso que é o "Flama da saudade".

Dói às vezes a carência de ingenuidade, lucidez quase perversa, quase impiedosa, que ele bota nas suas descrições. A gente precisa porém de atentar bastante nisso, que se trata dum turista apressado, sem muito tempo pra tomar amor pelas coisas e que fica satisfeito dizendo como elas são.

Seu livro exemplifica bem a frase de um crítico sobre o nosso século, opondo ele ao século XIX, que é o "século da História": século da Geografia. Ele não demonstra níquel de interesse pelo Passado ou pela História, a não ser pela face de pitoresco que propõem a seu ponto de vista. Exemplo: os capítulos sobre Veneza, Florença e Roma. E é nesse gosto do pitoresco – o demônio de Oswald de Andrade – que ele se aparenta com o criador do Pau-Brasil.

Há muito que dizer sobre este livro além destas observações. Há que dizer, por exemplo, sobre o caráter de imprevisto que reveste seu aparecimento na moderna literatura brasileira, tão pouco habituada a essas coisas. De fato, *Pathé-Baby* desmente com tanta segurança e tão bem a ideia que a gente podia fazer de um livro onde um homem do nosso Extremo-Ocidente contasse suas peregrinações pelo outro lado da Terra, que se sente uma certa hesitação em classificar ele do mesmo jeito com que se classifica quase todos os nossos livros, ainda os mais modernos. Desorienta.

Isso quanto ao livro. Quanto ao autor, pelo que ele nos apresenta hoje, há, infelizmente muito menos que dizer. Ele próprio nos dá pouco a perceber de sua alma e mesmo que a gente chegue a descobrir não será talvez o melhor dela. Eu por mim só tenho a dizer, por enquanto, que não vejo na moderna literatura brasileira outro autor mais interessante do que Antônio de Alcântara Machado e creio que muito poucos mais importantes.

SERGIO BUARQUE DE HOLLANDA

VERDE | Ano 1 | setembro 1927 | Num. 1

VERDE

É PRECISO PAZ NA ARTE MODERNA

Começo por confessar que não entendo nada desse banzé danado que a gente de peso na Arte Moderna vem fazendo atualmente.

Por exemplo: o sr. Prudente de Moraes, neto, escancha com o sr. Plinio Salgado – o maravilhoso romancista de *O Estrangeiro*. O sr. Augusto F. Schmith, de outro lado, escancha

com o sr. Prudente, neto, porque ele escanchou com o Plinio Salgado! O sr. Buarque de Hollanda, por sua vez, estrila com o trio Renato Almeida–Graça Aranha–Ronald de Carvalho! O sr. Esmeraldino Olympio–sabendo disso–dada a admiração que ele tem pelo trio, escancha com o sr. Sérgio Buarque de Hollanda, com o Prudente Neto, e até com o coitado do Alcântara Machado que nada tem com isso! Por aí se vê que a gente está navegando numa incerteza

danada. Ninguém sabe o que quer! Mas todo mundo quer uma coisa. E daí é que nasce esse banzé de cuia.

***

É preciso acabar com isso. Preciso mesmo! Na Arte Moderna não há *escolas*, nem nada. Portanto, cada um pra si. Cada um é o líder de si mesmo (conforme me disse numa carta a inteligência magnífica de Martins de Almeida.) Tem que ser assim e está acabado! Esse negócio de torcida é só no futebol. Nada de política! Nada de partidos! Nada de polêmicas! Nada. Nada. Nada!

Na Arte Moderna criticar outro moderno é besteira. Besteira e da grande. A gente dizer que o gajo parece com o poeta tal, que está influenciado por esse poeta–ainda vá... Mas chamar o outro de bobo, isso é que não! Quem chamar outro de bobo é mais bobo do que ele (o outro...) Porque na Arte Moderna a gente segue a emoção pura e espontânea de cada um. Se o poeta Affonso Arinos, sobrinho, por exemplo, não faz versos tão bons como os do sr. Ribeiro Couto, é porque a sensibilidade dele não dá pra isso. Ou por outra, não é igual a do sr. Ribeiro Couto. Portanto, nos versos de cada um está à amostra a sensibilidade do poeta. Se ele escreve mal, acompanha a emoção que sentiu quando escreveu. Portanto, foi livre. Foi espontâneo. Fez o que sentiu. E, se escreve bem–a mesmissa coisa! Por isso combater os outros é besteira. Principalmente besteira.

***

Nada de encrencas. É preciso acabar com isso! Mas acabar de verdade mesmo!

***

Cada um que rompa o matagal com o seu machado!–, como disse num grito de entusiasmo o sr. Austen Amaro. Esse é o melhor processo de paz na Arte Moderna. Bom. Sincero. E prático, por enquanto. É o que eu adoto... até que apareça outro melhor.

ROSÁRIO FUSCO

FESTA | Ano 1 | 1 – agosto 1927 | Num. 1

FESTA

Nós temos uma visão clara desta hora.

Sabemos que é de tumulto e incerteza.
E de confusão de valores.
E de vitória do arrivismo.
E de graves ameaças para o homem.

Mas sabemos, também, que não é esta a primeira hora de agonia e inquietude que a humanidade vive.

A humanidade dança a sua dança eterna num velho ritmo em dois tempos.

Quando todas as forças interiores se equilibram, os gestos são luminosamente serenos.

Mas o que nesses gestos parecia um esplendor supremo de beleza ou de verdade não era senão um momento efêmero da escalada.

Então exsurgem das profundezas do ser ímpetos bruscos e imprevistos, que trazem a insatisfação, a angústia, a febre, e quebram os compassos harmoniosos, e fazem pensar, aos que se esqueceram de Deus, que tudo está perdido,

– mas que são, em verdade, ondas desconhecidas de energia para a criação de um equilíbrio novo e de outra mais alta serenidade...

Nós temos a compreensão nítida deste momento.
Deste momento no mundo e deste momento no Brasil.

Vemos, lá fora e aqui dentro, o rodopio dos sentimentos em torvelinho trágico.

E as investidas reinvidicadoras dos apetites que se disfarçam e agora se desencadeiam em fúria.

E ouvimos o suspiro de alívio da mediocridade finalmente desoprimida: da mediocridade que, aproveitando o desequilíbrio de um instante, ergueu também a sua voz em falsete, e encheu o ar de gestos desarticulados, e proclamou-se vencedora, na ingênua ilusão de que as barreiras que a continham tombaram para sempre.

Mas vemos igualmente os espíritos legítimos no seu posto imutável.
E apuramos o ouvido ao brado de alerta das sentinelas perdidas.

E sentimos à flor do solo o frêmito das subterrâneas correntes de força viva, que serão captadas pela sabedoria divina na hora próxima das construções admiráveis.

A arte é sempre a primeira que fala para anunciar o que virá.

E a arte deste momento é um canto de alegria, uma reiniciação na esperança, uma promessa de esplendor.

Passou o profundo desconsolo romântico.
Passou o estéril ceticismo parnasiano.
Passou a angústia das certezas simbolistas.

O artista canta agora a realidade total:
a do corpo e a do espírito,
a da natureza e a do sonho,
a do homem e a de Deus,

canta-a, porém, porque a percebe e compreende em toda a sua múltipla beleza, em sua profundidade e infinitude.

E por isto o seu canto é feito de inteligência e de instinto (porque também deve ser total) e é feito de ritmos livres elásticos e ágeis como músculos de atletas velozes e altos como sutilíssimos pensamentos e sobretudo palpitantes do triunfo interior que nasce das adivinhações maravilhosas...

O artista voltou a ter os olhos adolescentes e encantou-se novamente com a Vida:

todos os homens o acompanharão!

REVISTA DE ANTROPOFAGIA | Ano I | São Paulo maio 1928 | Num. I

1ª dentição

REVISTA DE ANTROPOFAGIA

ABRE-ALAS

Nós éramos xipófagos. Quase chegamos a ser deródimos. Hoje somos antropófagos. E foi assim que chegamos à perfeição.

Cada qual com o seu tronco mas ligados pelo fígado (o que quer dizer pelo ódio) marchávamos numa só direção. Depois houve uma revolta. E para fazer essa revolta nos unimos ainda mais. Então formamos um só tronco. Depois o estouro: cada um de seu lado. Viramos canibais.

Aí descobrimos que nunca havíamos sido outra coisa. A geração atual coçou-se: apareceu o antropófago. O antropófago: nosso pai, princípio de tudo.

Não o índio. O indianismo é para nós um prato de muita sustância. Como qualquer outra escola ou movimento. De ontem, de hoje e de amanhã. Daqui e de fora. O antropófago come o índio e come o chamado civilizado: só ele fica lambendo os dedos. Pronto para engolir os irmãos.

Assim a experiência moderna (antes: contra os outros; depois: contra os outros e contra nós mesmos) acabou despertando em cada conviva o apetite de meter o garfo no vizinho. Já começou a cordial mastigação.

Aqui se processará a mortandade (esse carnaval). Todas as oposições se enfrentarão. Até

1923 havia aliados que eram inimigos. Hoje há inimigos que são aliados. A diferença é enorme.

Milagres do canibalismo.

No fim sobrará um Hans Staden. Esse Hans Staden contará aquilo de que escapou e com os dados dele se fará a arte próxima futura.

É pois aconselhando as maiores precauções que eu apresento ao gentio da terra e de todas as terras a libérrima REVISTA DE ANTROPOFAGIA.

E arreganho a dentuça.

Gente: pode ir pondo o cauim a ferver.

António de Alcântara Machado.

2ª dentição

DE ANTROPOFAGIA

Toda legislação é perigosa.

Por um fenômeno que chamamos mecanismo da introversão", o homem é o animal que pluraliza. Pluraliza e inventa o conceito. Sobre o conceito constrói e legisla. Cria o tabu.

Quando há introversão ele desce para o plano real, desce troglodita. Não há religião ou ideal mais alto que não discuta a pau. Historicamente.

Nós acreditaríamos num progresso humano se a criança nascesse alfabetizada. Mas enquanto ela aparecer no mundo, como nesses últimos quarenta séculos de crônica conhecida, nasce naturalmente na idade da pedra. E aí ficaria, primitiva e nhambiquara, se não a deformassem imediatamente. Não há motivos para se ter saudades das idades líticas. Todos os dias nascem milhões de homens pré-históricos.

Todo nosso julgamento obedece ao critério biológico. A adjetivação antropofágica é apenas o desenvolvimento da constatação do que é favorável e do que é desfavorável ao homem biologicamente considerado. Ao que é favorável chamaremos bom, justo, higiênico, gostoso. Ao que é desfavorável chamaremos perigoso, besta, etc.

É a única introversão que nos permitimos. O índio não tinha o verbo ser. Daí ter escapado ao perigo metafísico que todos os dias faz do homem paleolítico um cristão de chupeta, um maometano, um budista, enfim um animal moralizado. Um sabiozinho carregado de doenças.

Dessa divisão das humanas hipóteses (filosofias, religiões) em forças positivas e forças negativas, forma-se o nosso julgamento ético e estético.

Não que tenhamos sistema algum. Mas precisamos dar solução a todos os problemas arguidos no Ocidente e no Oriente.

O Equador, na descida antropófaga que anunciamos, utilizará também metralhadoras de alta indagação.

***

Até hoje, ninguém viu um burguês por mais burguês, falar mal de Napoleão em família. Talvez um burguês alemão. Mas esse falaria bem de Bismarck. É que o instinto antropófago, na intimidade da vida, vence todas as peias. Todas as falsas modéstias. Por isso não há cristianismo que não se refira a gládio ou espada. Descido das catedrais tomistas ou agostinianas, todo missionário agiu sempre como qualquer cunhambebe. Nem mais nem menos. E São Domingos, na cruzada albigense já disse: Já que vocês não querem escutar minhas súplicas, será a cacete que hei de convertê-los! A história conta que foi pior do que a cacete: muito sangue morreu.

***

A propósito, os jesuítas que, para glória de nossa terra, foram exterminados pelos rudes homens de São Paulo – precursores de Pascal, Pombal e de Clemente XIV na visão do perigo loyolista – os jesuítas arrogam-se ainda hoje, o papel de campeões da liberdade do índio. E o livro Montoya onde se narram as fases desse campeonato chama-se "Conquista Espiritual". Bela liberdade!

***

Nós somos contra os fascistas de qualquer espécie e contra os bolchevistas também de qualquer espécie. O que nessas realidades políticas houver de favorável ao homem biológico, consideraremos bom. É nosso.

***

Como a nossa atitude em face do "Primado do Espiritual" só pode ser desrespeitosa, a nossa atitude perante o marxismo sectário será também de combate.

Porque virou força negativa da livre expansão humana do livre planeta.

Quanto a Marx, consideramo-lo um dos melhores "românticos da Antropofagia". Temos certeza de que ele errou quando colocou o problema econômico no chavão dos "meios de produção". Para nós o que é interessante é o "consumo" – a finalidade da produção. Simplesmente. Daí a nossa teoria (resposta a outras teorias) da posse contra a propriedade. O contato contra o título morto. O grilo. Não fosse o Brasil o maior grilo da história constatada!

***

– O fascismo não tem nada de bom?

– Tem: O congresso corporativo. Evolução da divisão do trabalho social (social não, tribal) pelos grupos totêmicos.

***

– E o budismo?

– O budismo quase acertou. Deus é o nada, onde nos integramos. Ora o nada é o contrário de tudo. O índio já sabia que Deus é o elemento contrário.

***

A palavra introversão não tiramos de Jung, que divide os homens em introvertidos e extrovertidos conforme a autoridade por que se deixam guiar.

***

A autoridade exterior ou melhor a "interdição climatérica" no mais largo sentido, é o tabu. Que é antropofagia? a absorção do do ambiente. A transformação do Tabu em totem.

***

Também não tomamos a palavra "exogamia" no sentido clássico que lhe é dado por MacLennan, Spencer, Gillen, Frazer.

Exogamia é a aventura exterior. O homem-tempo depois de Einstein é feito de momentos que são sínteses biológicas. Para a formação de cada um desses momentos ele arrisca o pelo numa aventura exogâmica. Realizada a síntese, ele a integra como o ameba integra o alimento e busca outra aventura exogâmica.

Os antropólogos não viram na exogamia senão uma lei tribal, um tabu. É uma simples fatalidade. Um fato humano.

O que o homem faz biologicamente, o faz no ciclo. Antropofagicamente.

O desejo de absorver traz a infração do tabu.

Psicologicamente, a antropofagia elucida a doutrina da queda e a formação da ideia de pecado. O que está errado é a solução contrita, transferida para a absorção na comunhão. A antropofagia ordena o sentido biológico. Absorver sempre e diretamente o Tabu.

Isso evitaria o filoxera produzido por todas as morais interiores.

***

– E as morais exteriores?

– A antropofagia não reluta em estima-las geralmente favoráveis. É uma questão de divertimento, de jogo, de cerimonial. O bom humor dos chineses é um atestado.

Aliás o homem insiste em brincar de comadre, na vida histórica. Precisa de se cobrir de galões e de penas. Não há mal nisso, se não quando em favor de forças negativas. O homem precisa nomear-se coisas: Você é general. Você é deputado. Você é minha comadre. E vem me visitar. Como as boas crianças paleolíticas.

***

Elesbão de Cabreuva já disse: É mais fácil convencer em sábio do que um burro, leitor!

MO MODERNISMO MODERNISMO MODERNISMO MODERNISMO MODERNISMO MODERNISMO
DERNISMO MODERNISMO MODERNISMO MODERNISMO MODERNISMO MODERNISMO MODER
MO MODERNISMO MODERNISMO MODERNISMO MODERNISMO MODERNISMO MODERNISMO
DERNISMO MODERNISMO MODERNISMO MODERNISMO MODERNISMO MODERNISMO MODER
MO MODERNISMO MODERNISMO MODERNISMO MODERNISMO MODERNISMO MODERNISMO
DERNISMO MODERNISMO MODERNISMO MODERNISMO MODERNISMO MODERNISMO MODER
MO MODERNISMO MODERNISMO MODERNISMO MODERNISMO MODERNISMO MODERNISMO
DERNISMO MODERNISMO MODERNISMO MODERNISMO MODERNISMO MODERNISMO MODER
MO MODERNISMO MODERNISMO MODERNISMO MODERNISMO MODERNISMO MODERNISMO
DERNISMO MODERNISMO MODERNISMO MODERNISMO MODERNISMO MODERNISMO MODER
MO MODERNISMO MODERNISMO MODERNISMO MODERNISMO MODERNISMO MODERNISMO
DERNISMO MODERNISMO MODERNISMO MODERNISMO MODERNISMO MODERNISMO MODER
MO MODERNISMO MODERNISMO MODERNISMO MODERNISMO MODERNISMO MODERNISMO
DERNISMO MODERNISMO MODERNISMO MODERNISMO MODERNISMO MODERNISMO MODER
MO MODERNISMO MODERNISMO MODERNISMO MODERNISMO MODERNISMO MODERNISMO
DERNISMO MODERNISMO MODERNISMO MODERNISMO MODERNISMO MODERNISMO MODER
MO MODERNISMO MODERNISMO MODERNISMO MODERNISMO MODERNISMO MODERNISMO
DERNISMO MODERNISMO MODERNISMO MODERNISMO MODERNISMO MODERNISMO MODER
MO MODERNISMO MODERNISMO MODERNISMO MODERNISMO MODERNISMO MODERNISMO
DERNISMO MODERNISMO MODERNISMO MODERNISMO MODERNISMO MODERNISMO MODER
MO MODERNISMO MODERNISMO MODERNISMO MODERNISMO MODERNISMO MODERNISMO
DERNISMO MODERNISMO MODERNISMO MODERNISMO MODERNISMO MODERNISMO MODER
MO MODERNISMO MODERNISMO MODERNISMO MODERNISMO MODERNISMO MODERNISMO
DERNISMO MODERNISMO MODERNISMO MODERNISMO MODERNISMO MODERNISMO MODER
MO MODERNISMO MODERNISMO MODERNISMO MODERNISMO MODERNISMO MODERNISMO
DERNISMO MODERNISMO MODERNISMO MODERNISMO MODERNISMO MODERNISMO MODER
MO MODERNISMO MODERNISMO MODERNISMO MODERNISMO MODERNISMO MODERNISMO
DERNISMO MODERNISMO MODERNISMO MODERNISMO MODERNISMO MODERNISMO MODER
MO MODERNISMO MODERNISMO MODERNISMO MODERNISMO MODERNISMO MODERNISMO
DERNISMO MODERNISMO MODERNISMO MODERNISMO MODERNISMO MODERNISMO MODER
MO MODERNISMO MODERNISMO MODERNISMO MODERNISMO MODERNISMO MODERNISMO
DERNISMO MODERNISMO MODERNISMO MODERNISMO MODERNISMO MODERNISMO MODER
MO MODERNISMO MODERNISMO MODERNISMO MODERNISMO MODERNISMO MODERNISMO

MOD
ERN
ISMO
+90

CRÉDITOS DAS IMAGENS

Acervo Eunice Vivacqua: 12
Klaxon nº 1: 28
Instituto de Estudos Brasileiros – USP: 32, 62
Klaxon nº 6: 37, 144
Estética nº 1: 38
Acervo SBH: 42
Estética nº 3: 44
Acervo Carlos Drummond de Andrade: 46
A Revista nº 1: 48
Acervo particular: 52, 72, 94
Fundação Casa de Rui Barbosa: 57
Terra roxa e outras terras nº 1: 58
Terra roxa e outras terras nº 6: 66
Verde nº 1: 68
Verde nº 4: 75
Festa nº 1: 78, 89
Festa nº 11: 86
Revista de Antropofagia nº 1, 1ª denticão: 90
Revista de Antropofagia nº1, 2ª dentição: 98
Revista de Antropofagia nº 4, 1ª dentição: 102

Este livro, quarto volume da coleção "Modernismo +90", foi impresso em papel Lux Cream 70g/m2, na Citygráfica, em março de 2013.